陰陽師の呪い
桜咲准教授の災害伝承講義

久真瀬敏也

宝島社
文庫

宝島社

目次

陰陽師の呪い
桜咲准教授の災害伝承講義

陰陽師の呪い　桜咲准教授の災害伝承講義

第一講義

河童になった陰陽師

1

「『河童《かっぱ》』は、水害・水難事故の象徴として、災害伝承の研究対象として非常に重要な存在です――」

聖蹟桜ヶ丘《せいせきさくらがおか》の多摩川《たまがわ》沿いにある清修院《せいしゅういん》大学、夏の猛暑を避けるように冷房を効かせた文学部大講義室に、桜咲竜司《さくらざきりゅうじ》准教授の声が響き渡る。

「たとえば、日本の民俗学の祖とも言われる柳田國男《やなぎたくにお》は、河童は『零落した水の神』――つまり元は神様だったけど落ちぶれてしまった姿である、と評しています。それは、人に利益を与えずに害をもたらす存在、たとえば洪水や溺死体の象徴とされてきました。ですが最近は、そういった加害者ではなく被害者として、『河童の棲《す》む川の水を汚さないで』という環境保全のマスコットになったりもしていますね」

大講義室に集まった三〇〇人を超える聴講者は、誰も一言も喋《しゃべ》らず、教壇に立つ桜咲を見つめていた。

それは、彼の話す内容に聞き入っているから……という人もいるけれど、それ以外に、彼の声そのものに聞き入っていたり、あるいは顔に見入っていたりする人も多いのだろう。

桜咲は、新進気鋭の民俗学者として、テレビ出演や書籍などでも人気を博している。『災害伝承』という観点から神話や妖怪伝承などを解釈し、「神や妖怪、怪異現象の中には、過去の災害の脅威を象徴しているものがある」として、それらの記述を将来の防災に役立てようとしている。

その知識は民俗学という枠に収まらず、言語学、地理学、化学に防災工学など、多岐に亘《わた》っている。

特に、『日本書紀』に出てくる異形の怪物・両面宿儺《りょうめんすくな》の正体について災害伝承の観点から考察した説は、論文が評価されただけでなく一般書籍としても刊行され、彼の名と業績を広く知らしめることとなった。

その実績もさることながら、知的で理路整然とした語り口、俳優に勝るとも劣らないほどの整った顔立ちや、よく響く低音の声も、まるでアイドルのような人気を集めているところでもあった。

現に、この大講義室に集まっている人の中には、「インテリイケメンっていいよね」とか「サインしてもらえるかな？」とかいう、明らかに民俗学には興味の無さそうな人たちもいた。桜咲が登壇したときには軽く歓声まで上がっていたほどだ。

そんな他の聴講者たちの様子を、梅沢萌花《うめざわもえか》は後方の席から見やっていた。萌花にとって、講義を聴くときのいつもの席だ。

萌花は、子供のときから妖怪について興味を持ち、特に妖怪の正体について考えるのが好きだった。

すごく恐《こわ》くて不気味な妖怪が、実はちゃんと現実的に、意味のある存在として説明がつく、というのが面白かったのだ。

この清修院大学に入学したのも、災害伝承を研究している桜咲が目当てだったと言っても過言ではない。

実際、普段から熱心に桜咲の講義に出席して、さらに研究室にまで押しかけて様々な質問を投げかけたりもしていた。お陰で同期の学生には「熱心な方」として知れ渡ってしまっているほどだ。

そんな自他共に認める妖怪好きの萌花としては、民俗学に興味のない人が押しかけてきているのは、あまり面白くない。真面目に民俗学の話を聞きたい人にその席を譲ってほしい、なんて思ってしまうのだ。

だけど、当の桜咲はそんなことはまったく思っていないようだった。

「これまで民俗学に興味の無かった人が、これで新しく興味を持ってくれたら嬉《うれ》しいですね」

などと言っていた。本当に嬉しそうに微笑《ほほえ》みながら。

災害伝承の概念を広めることで防災の役に立てる――それは桜咲のライフワークで

もある。だからこそ、多くの人に自分の話を聞いてもらえることが嬉しいのだろう。

そんな桜咲の願いに応えるかのように、この大講義室には、普段の講義とは異なる層の聴講者もたくさん来ているようだった。

というのも、今日この大講義室で開かれているのは、学生向けの講義ではなく、一般市民向けの講演会なのだ。

八月七日。清修院大学は、約二ヶ月にも及ぶ夏季休暇に入っている。

暦の上では立秋だけど、そんな暦の記載を無視するかのように、東京は連日の真夏日が続いていた。その夏季休暇の期間を利用して、一般市民向けの講演会が開かれているのだ。

テーマは、『災害伝承と陰陽師《おんみようじ》』。

災害伝承の専門家である桜咲と、もう一人、陰陽道に詳しい関係者も呼んで、対談形式で行われていた。

「あの、桜咲先生？　河童の話は非常に興味深いんですが――」

もう一人の登壇者――新田穂波《にったほなみ》が、遠慮がちに声を掛けた。

桜咲が『災害伝承』側として登壇し、穂波は『陰陽師』側として登壇している。

彼女は、陰陽師の子孫であることを公表しつつ、栃木県の日光《にっこう》市内で小さな木工房を構えながら、『陰陽リフォーム相談所』というネット動画の配信者として話題になっている。

穂波は、住宅のリフォームや収納テクニックなどに陰陽道の知識を活用する、という独自の視点が注目されて、特に主婦や一人暮らしの女性を中心に人気を集めているのだ。穂波自身が一児の母ということもあって、子育てに活用できる工夫も評判なのだとか。

「その河童の話と、本日のテーマである陰陽師とは、どんな関係があるんでしょう？」

穂波の疑問はもっともだった。

今回のテーマは『災害伝承と陰陽師』であるはずなのに、桜咲は開口一番、河童の話を始めたのだから。せっかく陰陽道に詳しい人と講演しても、これでは会話にならないだろう。

ただ一方で、桜咲の専門分野は少し特殊で、その知識はとても幅広いから、きっとみんなが思いもつかないような繋《つな》がりがあるんだろう、と萌花は思っているのだけど。

「どんなも何も、実は河童と陰陽師とは、切っても切れないような深い関係なんですよ――」

案の定、桜咲は声を弾《はず》ませながらそう言うと、

「陰陽師は、河童なんです」

そんなことを、爽やかな笑顔と共に言った。

「……ええ？」

穂波が困惑した声を上げる。

聴講者からも、困惑気味の囁《ささや》き声が漏れてきたり、軽い笑い声まで上がっていた。

それでも壇上の桜咲は、まるで気にしない様子で堂々と、微笑みを浮かべながら聴講者たちを見回していた。

これには萌花も困惑していた。

萌花は、陰陽師については詳しくないけれど、河童についてはそれなりに詳しいつもりだ。子供の頃から妖怪の話をよく聞いていて、特に妖怪の正体についての話が大好きだった。

そんな萌花の地元である東久留米《ひがしくるめ》市には河童伝説があるし、近隣の埼玉県所沢《ところざわ》市や志木《しき》市にも河童の逸話が伝わっている。

ただ、河童の正体は陰陽師である、なんていう話は聞いたことがなかった。

とはいえ、萌花はあくまで単なる妖怪好きであって、専門家ではない。だから、妖怪を研究している桜咲なら、きっと萌花の知らない話をしてくれるはず。そう期待せずにはいられなかった。

「その説明をする前に、まずは陰陽師について簡単に説明をしておきましょうか」

桜咲がそう言うと、ふいに穂波が「はいっ」と良い返事をして語り出した。

「陰陽道というと、呪術や占いをイメージする人も多いと思います。そもそも、日本の陰陽道に関する記録は、古くは『日本書紀』にありますね。西暦で言えば六七六年とされていますが、天武《てんむ》天皇の時代に『陰陽寮《おんようのつかさ》』という役所を設立していたり、『占星台《せんせいだい》』という星を見る施設を建てたりもしています――」

急にはきはきと話し出す穂波に、萌花を含む聴講者はみんな呆気《あっけ》にとられたように静まり返っていた。

「元々、天武天皇は、戦《いくさ》をするときに天候を見て占いをするなど、天文学や易《えき》学にも精通していたそうです。そして天武天皇は、中国の道教や密教を学んでいた僧たちを日本に招いたりして、『陰陽道』の基礎を築いたと言われているんですよね」

「そうですね。天武天皇は、『天皇大帝《てんのうたいてい》』という言葉を基に、日本史上初めて『天皇』という称号を使ったと言われているのですが、これも道教や天文学の知識に基づいていると考えられています。というのも、この天皇大帝というのは、北極星を神格化したものだからです」

「北極星は、北の夜空で動くことなく、中心で輝いています。それが、世界の中心として、そして世界の支配者の象徴として、信仰されてきたんですよね」

穂波の補足に、桜咲は頷《うなず》いて、

「そのような知識や思想が、隋《ずい》や唐《とう》から日本に流れ込んできた時代でもありました。

その中で、『木火土金水《もっかどごんすい》』の五元素の関係を重視する陰陽五行《いんようごぎょう》思想を学んでいる僧侶も、たくさん来日しました。そうした僧たちがそのまま日本に移住したり、あとは朝鮮半島の戦乱のせいで母国が滅び、亡命してきた人も多かったようですね。そういった人たちと、日本の僧や易者たちも協力して、陰陽道というものが作られていったのだと考えられています」

「陰陽道は、中国で誕生した陰陽思想が基礎にありますが、その思想をそのまま使うのではなく、日本独自の発展をして、日本で完成しました。日本の神様とか儀式とかもいろいろ混ざっているんです」

「さすが新田さん。詳しいですね」

桜咲が感嘆したように言うと、穂波はこそばゆそうに微笑みながら、

「子供の頃、自分の先祖が陰陽師だったと初めて聞いたときから、ちょっと嬉しくてたくさん調べましたから。その後、たしか中学生の頃だったと思うんですけど、野村《のむら》萬斎《まんさい》さん主演の『陰陽師』の映画が大ヒットしまして、クラスの男子なんかは特に盛り上がっていましたね」

聴講者の中からも「あぁ」と懐かしむような感嘆の声が漏れていた。

その映画について、萌花がスマホで調べてみると、公開は二〇〇一年。……自分がまだ生まれていないときの話だった。

「さて、陰陽道について触れたところで、本題です。『陰陽師は河童である』ということが解《わか》りやすい逸話があるので、紹介します――」

桜咲は楽しそうに微笑みながら、話し始めた。

「昔々、江戸の将軍・家康の時代のこと、左甚五郎《ひだりじんごろう》という有名な彫刻家がいました。しかし彼の腕は素晴らしく、神社や城などの大きな仕事が次々と舞い込んできます。しかし彼はこれほど多忙なのに、仕事にミスも手抜きもない。というのも、甚五郎は、仕事の前に藁人形《わらにんぎょう》をたくさん編むと、それに命を吹き込んで、作業を手伝わせるというのです。お陰で彼は、いくら多忙でもミスなく手抜きもなく、完全な仕事をしてみせるのです」

「……それって、まるで」

穂波が何かに気付いたように驚いていた。

桜咲は頷きながら、

「こうして、生きた人形たちに仕事を手伝わせた甚五郎ですが、仕事が終われば、人形たちに用はない。命を抜き取ってから、人形たちを川に捨ててしまいました。ですが、その中に命が抜けきっていなかったモノがあった……。それが、河童となったのです」

そう言って説明を終えた。それを待っていたように穂波が言う。

「それって、まるで陰陽師の『式神《しきがみ》』じゃないですか！」

穂波の言葉に、大講義室内でざわめきが起きた。

式神については、萌花も知っている。

陰陽師が使役することができるという、鬼や妖怪のことだ。

「そうですね。非常によく似ている……と言うより、やっていることは同じですね」

「木や紙や藁で作った人形に命を吹き込んで、自分の意のままに使役する。本当に同じですよ」

「そう考えると、この左甚五郎の河童の話も、式神を使う陰陽師の話も、同じ歴史上の事実に基づいて創られた伝承だ、ということが言えるかと思います」

「同じ、歴史上の事実……。具体的には、何なんですか？」

「それを考えるには、式神と河童の共通点を見てみましょう。まずは、どちらも『ヒトではない存在』ですね。これは言い換えれば、人間扱いされていない、当時の人権が認められていなかった人、と言うことができます」

「……差別を受けていた人、ですか」

桜咲は頷きながら、

「その上で、式神も河童も、何らかの『特殊能力』を持っています。式神は、陰陽師に使役されて、まるで魔法のようなこともやってのけますね。一方で河童も、左甚五郎の部下として、彫刻や建築、土木工事をやり遂げています——」

桜咲の説明に、穂波も含めて聴講者全員が聞き入りながら、真剣に頷いていた。

「そういう意味では、差別をされていた方の中でも、特定の個人ではなく職業集団全体が蔑視されていたような存在なのだと、考えることができます」

「その職業って、何なんですか？」

「考えられる職業は、二つあります——」

桜咲は、指を二本立てながら言うと、続けて一本だけを立てた。

「一つは、土木作業員です。土木作業と言っても、現代の学問で言えば『工学部』くらい広いカテゴリーだと思ってください。建築学はもちろん機械工学や材料工学などを含めたような知識を持ち、それでいて現場で動ける技術職でもあるようなイメージです。大規模な寺院や神社、城の建設に駆り出されたり、当時の最先端の材料である鉄を精製したりしていた。そのような専門技術と知識を持った人たちが河川改修をするときには……」

「あぁ！　河童って、そういうことだったんですね。川に集まって河川改修をしていた人たちが、河童の正体だったと」

「ええ。ただ河童に関しては、冒頭に話したような正体もありますので、さまざまな正体がごちゃ混ぜになっているような存在なんですよ。なので、それこそ個別の伝説ごとに正体を見極める必要がありますね」

「なるほど」穂波は何度も頷きながら、「ですが、左甚五郎の河童については、この説明でスッキリしました」

「いえいえ——」桜咲はこれ見よがしに手を横に振って、「まだスッキリするのは早いんですよ。もう一つの職業がありますからね」

「確かにそうですね。もう一つは、何なんでしょうか?」

「それが、陰陽師です」

桜咲はそう断言した。

「……陰陽師が、河童なんですか?」

穂波が困惑したように聞いた。

「ええ。さっきも言っていた通りです」

飄々《ひょうひょう》とそう言ってのける桜咲。

「それは、式神が河童である、という話ではなくて?」

「確かに、式神は河童です。そして、その式神を使役する陰陽師も、やはり河童なんですよ——」

桜咲は、詳しい説明を加える。

「実は、歴史に出てくる陰陽師には、大きく分けて二種類あります。それは、朝廷に仕えるいわば『公務員』の陰陽師と、それ以外――『民間・在野』の陰陽師です」

「あっ！」

　穂波が感嘆したように声を上げた。マイクを外しても響くほどの驚きよう。

「……安倍晴明《あべのせいめい》と、蘆屋道満《あしやどうまん》！」

　その名前を聞いて、聴講者の中からも納得するような声が上がっていた。

「まさに、あの二人は二種類の陰陽師を体現していますね。陰陽寮という朝廷の組織に属して、天皇の勅命を受けて活動する安倍晴明と、官職につけず在野のまま晴明のライバルとされた蘆屋道満。……道満についてはフィクションの可能性もありますが、この対比は実に解りやすいです」

「天皇や貴族を守る、正義の安倍晴明。かたや、その天皇や貴族に呪詛《じゅそ》をかけようとする、悪の蘆屋道満ですね……」

　穂波は、どこか複雑な表情を浮かべ、言葉に詰まりながら言っていた。

「そして、この『在野の陰陽師』という存在が集まっていた場所の一つが、京都・鴨川《かもがわ》です」

「川に、陰陽師も居たんですか？」

「居たんです。鴨川に架かる、かつての五条橋《ごじょう》――今の松原橋《まつばら》には、川の中に島があり、中島と呼ばれていたそうです。その中島に陰陽師が集まって、鴨川の治水のための儀式を執り行っていたと。その様子は、まさに河童のように――」

桜咲の話に、聴講者は――穂波も含めて、圧倒されたように言葉を失っていた。

「ちなみに、この鴨川の陰陽師たちは、豊臣秀吉《とよとみひでよし》による『陰陽師狩り』という事件の当事者にもなっています」

「陰陽師、狩り……？」

物騒な響きに、穂波も聴講者たちも困惑したように息を漏らす。

「秀吉は、京都にいる陰陽師らを一〇〇人以上集め、それを纏《まと》めて尾張《おわり》国に――愛知県の名古屋《なごや》や知多《ちた》半島のある西部ですね――そこに派遣しています。これは、秀吉が陰陽師の力や結束を恐れたため、とも言われていますが、記録上は、尾張の治水工事や荒地開墾のためとされているんです」

「えっ？　それって、まさに……」

「まさに、河童の仕事ですね」

桜咲の説明に、大講義室がしんと静まり返った。

「また、在野の陰陽師は、河童だけでなくそれ以外の存在にもなりました。人間ではない、だけど人間にはない力を持っている存在……それは、『鬼』です」

「あぁ……」大講義室内に感嘆の声が響く。

「川に住み着いた者が河童に、そして、山に住み着いた者が鬼に。在野の陰陽師も、そして土木作業員たちも、その地にあった特殊技能集団として暮らしてきたわけです」

「でも、それじゃあ、安倍晴明が活躍した話は……たとえば大江《おおえ》山の酒呑童子《しゅてんどうじ》を退治したという英雄譚《たん》は……」

「ええ――」桜咲は大きく頷いて、「それも、ここでいう陰陽師同士の戦いだったのでしょう」

続けて桜咲は、大江山の酒呑童子について説明を加えた。

「時は平安時代、一条《いちじょう》天皇の治世とあるので、西暦で言うと九八六年から一〇一一年のこと――実に一〇〇〇年以上前のことです。当時、京都の町では謎の神隠しが発生し、若者たちが次々に失踪していました。これに対して帝《みかど》は、陰陽師安倍晴明を呼びつけて、犯人を占わせたのです。その結果、大江山に棲む酒呑童子という鬼の仕業だと判明します。そこで帝は、源頼光《みなもとのよりみつ》らを派遣しました。そして、名前の通り酒好きの酒呑童子に毒酒を飲ませて眠らせたところを、首を斬って成敗した」

「……これが、陰陽師同士の争いだった？」

「その可能性はあります。諸説ありますからね――」

桜咲の定番のセリフ。会場に小さく笑いが漏れた。

「ただ、このような話に出てくる『鬼』については、より限定的に、優れた製鉄技術を持つ集団――いわゆる製鉄民・鉱山民だったのではないか、と考えられます――」

その話は、萌花も聞いたことがあったので、何度も頷いていた。

「人里離れた山奥に棲んでいるのは、そこに鉱山やたたら製鉄の施設があるからだと。また、鬼の特徴として『一つ目』というものがありますが、この一つ目という特徴も製鉄民の特徴に一致します。というのも、鉄を溶かして精錬していく作業の中で、彼らは炎の色の変化を見逃さないよう片目で火を見続けるため、その様子が一つ目の妖怪に象徴化された、あるいは片目だけ火の粉で潰れてしまうことを象徴している、と解釈できるのです」

「……なるほど。言われてみるといろいろ一致しますね」

「鬼と似たような存在として、『土蜘蛛《つちぐも》』と呼ばれるモノもいます。古代の地方史が記された各地の『風土記《ふどき》』にも登場し、常陸国《ひたち》や東北地方、九州各地などにいた土着の民族だと言われていますが、彼らも製鉄民だったと解釈することができます。それに『両面宿儺』もそうですね――」

桜咲が出した名前に、会場から「おお」と声が上がった。桜咲の得意分野だ。

「『日本書紀』に登場する、二面四臂《にめんしひ》――つまり顔が二つで腕が四本あったとされている、異形の存在。要は、二人の人間が背中合わせでくっ付いているような外見をしていた、と伝わっています。その姿を思い浮かべると解るように、腕だけでなく足も四本あります。……つまり、手足が合わせて、八本ありますね」

「あっ――」

穂波が驚きの声を上げる。

「蜘蛛と一緒ですね。『土蜘蛛』と！」

「そうですね。実は、この『八』という数字は、製鉄民を象徴する数字になっていると言えるのです。そして、その理由は……」

桜咲は、みんなの期待を煽《あお》るように間を作ってから、

「私の著書――『妖怪防災学入門』に詳しく楽しく書かれていますので、ぜひ購入して読んでみてくださいね！」

いきなりのビジネストークに、嘆息交じりの笑い声が響いた。

「この大学の購買部にも売っていますし、今ならサインもしちゃいますよ！」

そんな提案に、一部のミーハーそうな女性たちも喜んでいた。

「ともあれ。在野の陰陽師、そして河童や鬼について、ちょっと興味が湧いてくれたなら嬉しいです」

桜咲は、大講義室全体を見回すようにしながら、そう言った。

「……そういえば」

ふと、穂波が何かに思い当たったように呟《つぶや》いた。

「私の先祖は、京都の方にルーツがある、みたいな話を聞いたことがあるんですけど、

それはやっぱり、京都で鬼や河童にされていたんでしょうか？」

「確かに、新田さんの祖先は、埼玉県の新座市《にいざ》で陰陽師をされていたそうですからね。少なくとも、優秀な河童だったとは思います」

「優秀なんですか？　っていうか、河童だったのは確定なんですね」

桜咲は、小さく笑いながら頷いて、

「新田さんの地元である新座市ですが、この新座という地名は、かつては『新座郡《にいくらぐん》』として、かなりの広範囲に亘っていました。今で言うと、荒《あら》川の西側一帯にあたり、新座市だけでなく、朝霞《あさか》市、和光《わこう》市の全域と、志木市と練馬《ねりま》区、さらに西東京《にしとうきょう》市の一部まで含まれていました——」

桜咲の説明に合わせて、萌花はすかさずスマホで地図を確認した。

広い、と思うと同時に、確かに川沿いだと思った。それに、志木市に河童伝説があることは、萌花も知っている。

「そしてこの新座郡ですが、この集落が拓《ひら》かれた当初は、また別の名前で呼ばれていました。それは、『新羅郡《しらぎ》』です」

「あ……」萌花は思わず声を漏らしてしまって、慌てて咳払《せきばら》いをして誤魔化した。新羅は、かつての朝鮮半島にあった国の一つだ。

「新羅郡の始まりは、西暦でいうと七五八年とされています。天武天皇の時代からは約八〇年後。女帝・孝謙《こうけん》天皇の治世とされていますが、そのとき、新羅から帰化した僧侶や尼たちが、この地域に移住したのです」

「さっきの話にも出てきた、道教や易学や五行思想などを学んだ僧たちですね」

「そうです」桜咲は楽しそうに頷いて、「この新羅という漢字と読みが変化して、今も『新座』という地名になっていますし、もう一つ、『しらぎ』という音から変化した『志木』という地名も残っています」

新座と志木……。

音も漢字もまったく違う地名が、同じ語源だったなんて。

これらは萌花の地元にも近いから、しょっちゅう耳目に触れていたのに、そんなことはまったく考えたことがなくて、気付かなかった。

しかも、それが陰陽道にも関係があったなんて、思いもしなかった。

「ここで重要なのが、当時の新羅郡――武蔵《むさし》国の環境です」

桜咲が言った。

「当時の武蔵国、特に新羅郡が造られた辺りは、大きな河川が氾濫を繰り返していた上、水はけも悪く、沼が点在しているような湿地帯でした。そのような土地に、新羅の帰化人らが移住したわけです」

「それって、帰化人が冷遇されて、京都から遠くの酷《ひど》い土地に飛ばされちゃった、ということなんでしょうか？」

少し言いにくそうに穂波が聞いた。確かに、まるで左遷のようにも思える。

「その意図が皆無だとは言い切れません。たとえば七世紀後半には、朝鮮半島の百済《くだら》と高句麗《こうくり》が滅亡して、そこから亡命してきた王族なども日本に帰化しているのですが、悪く言えば、帰る場所の無くなった彼らの足下を見て居住地を決めた可能性も、なくはないかと」

「そう、ですか……」

穂波は見るからに落ち込んでいた。彼女にとっては、自分の遠い先祖に関わる問題でもあるのだ。

「ですが、それよりも期待の方が大きかったのではないかと、私は思っています」

「期待……それってどういうことですか？」

「何せ、当時の朝鮮半島の人々……しかも海を越えて日本まで来られるような人々は、間違いなくエリートですからね」

「え、エリートですか？」

穂波が、少し嬉しそうにはにかんでいた。

「ええ。そんなエリートの人たちに、自分たちではどうにもできなかった土地をあてがうのですから、それは言い換えれば、この人たちならあの土地を何とかしてくれる、この人たちの先進的な知識と技術を活用しよう、と考えていたのではないか、と思うわけです」

「なるほど。それは期待しちゃいますね」

安堵《あんど》したのか、穂波は表情を緩めていた。

「それこそ、当時のお寺は、知識だけでなく技術も、最先端のものを集めていましたからね。皆さんもご存じのように、寺院を中心にして、現代技術に勝るとも劣らないレベルの巨大建造物を建ててきたのも、僧侶たちです――」

そう言われると確かに、寺院、仏像、仏塔などの建築技術は、当時の水準では圧倒的に高いものだし、現代の物と比較してもそれほど劣るものではない。前に萌花も、一〇〇〇年以上前に造られた寺院や五重塔などの耐震技術を紹介するテレビ番組などを見て、そのレベルの高さに圧倒されたことがある。

「それほどの高度な知識と技術があれば、たとえ荒れ果てた湿地帯であっても、川が暴れる洪水地域であっても、治水工事によって生活ができるようになるでしょうね。だからこそ、今で言う荒川の流れる土地には新羅の村が、高麗《こま》川の流れる土地には高句麗の村と神社が、多摩川の流れる土地にも高句麗の村が、造られていったのです」

桜咲は説明しながら、黒板に具体例を挙げていった。

『新羅――新座・志木』

『高句麗――高麗神社（埼玉日高《ひだか》）』

『多摩川沿いの高麗の村――狛江《こまえ》』

「ちなみに、世田谷《せたがや》区の『駒沢《こまざわ》』はこっちの高麗ではなく、ウマを放牧していた場所という意味ですので、ご注意を」

桜咲は律儀に説明を加えた。

「荒れ果てた土地に、最先端技術を持った人たちを派遣する……。それってつまり、現代で言えば、各分野でトップに立つ東大の教授陣が、荒れ地を有効活用するべく派遣された、みたいな話なんですね」

そう穂波が言うと、なぜか桜咲は微妙な表情をしていた。かと思うと、これ見よがしに口元に手をやって内緒話をするかのように、

「新田さん、そこは東大ではなく、『清修院大学の教授陣が――』と言うべきところですよ」

と、マイクに乗せながら言っていた。思わず周囲からも笑いが起こる。

「あっ。ええと、間違えました――」

穂波はそう宣言して、

「各分野のエリート、つまりこの清修院大学の教授陣が派遣されているようなものなんですね？」

「はい、そうです――」

臆面もなく笑顔で頷く桜咲に、ふたたび笑いが起こっていた。

すると桜咲は、そんな緩い表情のまま続けて話をした。

「しかも、奇《く》しくもこの時期には、日本史で勉強する有名な法律も制定されていましたから、積極的に移住政策を勧めることもできたのです。それは、『新しく開墾した土地は、永続的に、開墾した人の私有地となる』と定めたあの有名な法律――」

「墾田永年私財法《こんでんえいねんしざいほう》ですね」

穂波が声を張り上げて言うと、聴講者の中からも「あぁ」と声が漏れ聞こえてきた。

「墾田永年私財法の施行は、西暦七四三年。新羅郡成立の一五年前です。この法律もあって、武蔵国に移住することになった新羅の帰化人たちは、名実ともに永住の地を手に入れたというわけです」

「……いろいろ、繋がっているんですねぇ」

しみじみと、穂波が呟いていた。

萌花も思わず頷いていた。身近な地名の由来に、渡来人と墾田永年私財法が関係しているなんて、まったく考えてもいなかった。

「繋がっているものが、歴史になっているんですよ」

桜咲は、とても楽しそうにそう言った。

2

五分ほどの休憩を挟んで。

「さて。私ばかりが喋っても失礼ですので――」

桜咲は、後方に少しばかり下がりながら、

「ここからは、新田さんの話をメインでお伺いしたいですね」

そう言って、穂波に注目を集めた。

「そうですね。では改めて、私からも話をしたいと思います――」

穂波は律儀に一礼をしてから、話し始めた。

「みなさんは、掃除をこまめにやってらっしゃいますでしょうか？」

そんな問い掛けに、講義室のそこかしこから短く「うっ」と呻《うめ》くような声が聞こえた。かくいう萌花も、胸が苦しくなった。

「たとえば『お祓《はら》い』という言葉。私には正直、語源とか本来の意味とかは解らないんですけど、穢《けが》れを祓うとか、邪気を祓うとか、そうすることで気持ちがスッキリすると思うんです」

明るく弾むような、穂波の声。この声を聞いているだけでも、少し心が軽くなれるような気さえしてくる。

「たとえば、そうですね、私も負けじと民俗学っぽいことを言ってみますと——」

冗談めかして穂波が言うと、周囲から笑いが漏れた。

「『遠野《とおの》物語』の締めの言葉として有名な……あと朝ドラのタイトルでも有名になった、『どんどはれ』という言葉があります。あの言葉は、朝ドラを見ていた人は天気や気分の『晴れ』のことだと思ってるかもしれませんけど、元々は、岩手県遠野地方の方言で、『すべて払い落としてしまいましょう』という意味なんです。農作業から家に帰ってきて、稲わらや土汚れを全部払い落としましょう、と。そしてそれが転じて、不思議な話も怖い話も、ここでおしまいですよ、となったそうです」

周囲から「へぇ」と言葉が漏れていた。

「この『どんどはれ』って、良いですよね。お掃除も同じだと思うんです。お掃除をすることで、すべて払ってしまいましょうって思いながら、ちょっと晴れ晴れした気分にもなるんです。お掃除をすることで、その場所が綺麗《きれい》になる。汚れが無くなる。気持ち良くなる。そういう綺麗な気持ちを持てることが大事だと思いますし、そういう綺麗な場所を確保しておくことも、とても大事だと思うんです」

穂波がそう語ると、自然と拍手が起きていた。

穂波は照れたようにはにかみながらも、

「あ、まだ終わりじゃないんですけど、お話を続けてもいいですか？」

と笑いを誘っていた。

「とはいえ、こういう綺麗ごとを言ったところで、やっぱりお掃除って大変だし、めんどくさいんですよね」

そう言われて、萌花も思わず頷いていた。

「そんな皆さんに、ちょっとした提案です。お部屋を綺麗にするために、『自分が汚れる日』というものを作ってみるのはいかがでしょう？」

穂波の言葉に、聴講者の多くが首を傾《かし》げていた。

「お掃除をすると、結果として部屋は綺麗になるけれど、自分が汚れちゃうことってあるじゃないですか。そのせいで、それを嫌って掃除をしなくなっちゃう人も多いみたいなんですよ」

……それは、解る。

萌花は強く実感していた。

掃除は、どうしても汚くなった所を触りながらすることになる。もちろん汚れないように手袋とかマスクとかをするのだけれど、それでも嫌な感触とかがあると、汚れたように感じてしまったりする。

「そこで私は、週に一回の『絶対掃除の日』と、年に四回の『絶対大掃除の日』を設けているんです。その日は、もうめちゃくちゃに汚れながらでも、部屋を綺麗にしてやるっていう日なんです——」

萌花は思わず興味をひかれた。そんな考え方もあるのか、と。

「ちなみに私は、週に一回の絶対掃除の日は、毎週土曜日。そして、年に四回の絶対大掃除の日は、『土用の日』にしています」

大講義室内に「土用の日？」「土曜日？」という声が漏れ聞こえる。

そんな中、桜咲は「面白いですね——」とマイクに乗せ声を弾ませて、

「土用の日というのは、陰陽道において重要な意味があります。というのも、この日は文字通り『土』の動きが盛んになって、『土に関する作業をしてはいけない』『土で汚れてはいけない』という禁忌が定められている日なんです——」

桜咲の説明に、穂波も頷いていた。

「ただ、この禁忌には例外がありました。そもそも土用の禁忌は、人間に対して課されたものでしたので、それを逆に言えば、人間でなければ禁忌に当たらない、ということになります——」

その説明を受けて、萌花はハッとした。まさに、先ほど桜咲が説明していたことと話が繋がっていたのだ。

「つまり、人間ではない存在——妖怪だったら、禁忌に引っかからない。それを先ほ

どの話に従って言い換えると……」

「河童なら——陰陽師なら、禁忌を気にせず動くことができる、ということですね」

穂波が楽しそうに声を弾ませていた。萌花も思わず何度も頷く。

「まさに、新田さんが現代日本でやられているのと同様に、平安時代の陰陽師たちも『土用の日は、汚れても大丈夫』と言っていたことでしょう」

「そうやって、かつての陰陽師は、河童として土木工事を進めていたんですね。他の人たちが仕事を禁じられている中、特別に作業を進めることができた」

「そうです。そして現在の陰陽師は、掃除を進めていくんですね」

「そうして比較されてしまうと、私の話はスケールダウンが凄《すご》いんですけど……」

穂波は苦笑しながら、改めて、掃除についての話を続けた。

「土用の日というと、夏の『土用の丑《うし》の日』が有名ですね。ですが、そもそも土用は季節ごとにあります。四季の始まり——立春・立夏・立秋・立冬の直前一八日間をいいます。今で言えば、それぞれ二月上旬、五月上旬、八月上旬、一一月上旬ですね」

そう説明されたことで、萌花も季節のイメージができた。

「数年前でしたら、衣替えをするタイミングとしてもちょうど良かったんですけど、今は季節も乱れ気味なんですよね……」

穂波は苦笑しながら、

「ですが、今も衣替えの下準備をするには、良いタイミングです。むしろ衣替えって、下準備の方が『あれはどこに置いたっけ？』『これはまだ着られるかな？』と悩んだりして、大変ですよね？」

穂波の問いかけに、萌花を始めとした女性たちが大いに頷いていた。

「なので私は、『土用の日』を『自分が汚れてもいい日』に定めて大掃除をしているんです。そうすることで、新しい季節を気持ちよく、綺麗に迎えることができるんです。なので、みなさんもぜひ、陰陽道の掃除術を活用してみてくださいね」

そんな穂波の言葉に、大講義室は拍手で満たされていた。


講演会を終えて。

桜咲は、先ほど話していた通り、即席のサイン会を実施していた。

講演前にサインを欲しがっていた聴講者も、桜咲と穂波の元へ歩み寄っていた。ただ、桜咲のサインのことより熱心に、穂波へ掃除についての質問をしている。

そんな様子を、萌花は大講義室の後方席から見下ろすように眺めていた。

「萌花ちゃん！」

「わぁっ？」

ふいに視界を遮るように、至近距離で女性の顔が現れた。萌花は思わず声を上げてしまって、講義室中の注目を集めてしまった。

萌花は周囲に照れ隠しの愛想笑いをして、身を縮こまらせた。そして、目の前に出てきた女性を恨みがましく見上げた。

桜咲椎名《しいな》。いま壇上にいる桜咲准教授の実姉にして、萌花にとってはアルバイト先のボスでもある。

不動産鑑定士。それが椎名の職業であり、そして、萌花がいつか就きたい職業だ。

これは文字通り、不動産の価格を鑑定することができる資格だ。売買や競売、固定資産税の基準など、公正に不動産の価格を鑑定することができる、唯一の資格。経済情勢や立地の利便さ・災害リスクなどを総合考慮して、不動産の価格を決めていく。

ただ、椎名は普通の不動産鑑定士とは違うところがある。

それは、災害リスクを検討する際に、『災害伝承』についてもしっかりと考慮するという点だ。

実弟の桜咲准教授が研究しているテーマを、実姉がしっかりと実務で活用していくという、まるでぴったり息が合っているかのような姉弟なのだ。

……実際は、椎名さんが桜咲先生を振り回してる感じだけど。

とは思うものの、別に仲が悪いわけではなく、むしろとても良い感じに見えるのが面白いところだった。

「椎名さん、もう少し静かに登場してくださいよ」

「私が静かにできると思う？」

「ごめんなさい。私が間違っていました」

「解ればよろしい」

軽口を交わして、笑った。

「そういえば椎名さん、この講演は聴いてなかったんですか？」

後方席に座っていた萌花からも、椎名の姿は見えなかった。

「えぇ？　無茶言わないでよ……」椎名は溜息《ためいき》を交じらせて、「何が楽しくて、弟と親友とが小難しい話をしているのを見たいっていうのよ」

そう椎名が言うように、今日壇上に上がっていたのは、椎名の実弟である桜咲准教授と、高校時代からの親友である穂波だった。

実は今回の講演は、当初は桜咲だけが『災害伝承と陰陽師』を語る予定だった。それを、講演の予定を聞き付けた椎名が「陰陽師の話をするなら、高校のときの同級生で、詳しい知り合いがいるわよ」と話を振り、「それならその人も呼んで、対談形式でやってみようか」という話になって調整をして、実現したものだった。

椎名はいつも、こんな感じだ。こうと決めて動き出して、周りもそれに合わせて動き出す。それは悪い意味ではなくて、とても良い意味で。

彼女の押しの強さは相変わらずといったところだけど、それが結果として良い方向に進むのだから、押されたり振り回されたりする側もつい楽しくなってしまうのだ。かくいう萌花も、それを楽しんでいる。

「小難しい話なんかじゃなかったですよ。桜咲先生の話はもちろん、穂波さんの話も楽しかったですし、何より役立てられそうでしたよ。部屋の掃除の心得とか……」

「うっ！」

椎名が胸を押さえてうずくまった。

……もしかして。

「椎名さんって、掃除ダメな人でしたっけ？」

正直、アルバイト先の『さくらさく不動産鑑定』では、部屋が汚いとか散らかっているとかいう印象はまったく無かったのだけど。

「ダメっていうか、物を捨てる加減がきかないっていうか」

「あぁ、そっちの方向でダメなんですね」

「別にダメじゃないから――」

椎名は頑《かたく》なにそう言うと、

「基本的に『必要ない物』が多くなりすぎちゃって、気付いたら『ちょっと必要だった物』まで消えてなくなっているっていうか」

「……それは、正直ちょっと解る気がします」

「でしょ？　そのせいで、夏直前に夏服が全部消えていたときは絶望したわ」

「それは……」まったく解らない。

「でもね、萌花ちゃん――」

椎名が急に、穏やかな目で萌花を見てきた。

「いろんな人との思い出とか、大切な人から貰《もら》った物は、ちゃんと大切にしまってあるからね」

「……そうなんですか？」

この話の流れでそう言われても、まったく信用できないのだけど。

「もちろんよ。萌花ちゃんが私に初めて渡してくれた物も、ちゃんと大切に保管してあるんだから」

「え？　そうなんですか！」

萌花はちょっと嬉しくなって声を弾ませていた。

……でも、私って椎名さんに何かあげたっけ？

記憶を探っても出てこない。

「ちゃんと大切に保管してあるわよ――雇用契約書」

「…………」

それはそうだ。破棄なんてしていたら問題だ。

萌花は苦笑しながら、椎名に言葉を返す。

「でも、私も椎名さんから初めて貰った物、大切に持ってるんですよ」

「ふっふっふ。どうせ雇用契約書の写しなんでしょ？」

椎名が先を読んだように笑ってくる。

萌花も微笑みを返しながら、

「それは、将来の夢です」

「……え？」

「私は椎名さんから、将来の夢を貰ったんです。不動産鑑定士になるっていう夢。私は、それを今も大切に持ってますよ」

「……萌花ちゃん」

椎名は、萌花の正面からまっすぐ見つめてきて、

「それはさすがにクサいわ」

「ですよねー」

二人で笑い合った。

でも、萌花にとっては冗談ではなく本気でもあるんだけど。それでも照れ隠しで、一緒に笑っていた。

するとそこに、急に女性の声が掛けられた。

「あれ？　椎名って妹いたっけ？」

いつの間にか、穂波が隣まで上がってきていた。その後ろには桜咲の姿もあった。

「そう。今年できたのよ」

「えぇ!?　ご両親、再婚したの？　お、おめでとう……？」

穂波が困惑しながら祝ってきた。

「ありがとー」と素直に受け取る椎名。

「再婚なんてしていないし、そもそも離婚もしていない――」

桜咲が呆《あき》れたようにツッコミを入れていた。

「こちらは、うちの大学の学生で、梅沢萌花さん。故あって自分の研究室に押しかけてきて、故あってうちの姉と仲良くなって、今は姉の事務所で働いている」

桜咲の説明も、それはそれで問題がありそうだった。

「へぇ。萌花ちゃん、よろしくね。改めて、新田穂波です」

穂波が手を差し出してきたので、萌花も立ち上がって握り返す。

「梅沢萌花です。こちらこそ、よろしくお願いします」

「あら礼儀正しい。なるほど、椎名には無いものを持ってるのね」

「そうなのよ」椎名は素直に肯定して、「その上、法律にも民俗学にも詳しいハイブリッドな学生なのよ。将来有望だから、今のうちに抱え込んでるってわけ」

そう言いながら、椎名は萌花の肩に手を置いてきた。

「なるほど。……これは私も抱え込んでおいた方がいいわね」

穂波はそう言いながら、萌花に近付いてきた。ノリが椎名にそっくりだ。

ふと、そのとき穂波の背後に小さな人影が見えた。ほんの一瞬だけ見えて、すぐにサッと隠れてしまった。

「あっ。水葉《みずは》ってば……もう」

穂波が困ったように微笑みながら、背中を向けるように身を捩《よじ》った。すると、彼女の背中にしがみついている女の子が姿を現した。

「二人はもう顔を見たと思うけど――」穂波は桜咲姉弟に目配せしてから、萌花の方に向き直って、「私の娘の水葉です。八歳です」

八歳の子供の口調を真似るように、紹介していた。

「よろしくね。水葉ちゃん。萌花っていうの」

萌花が視線を合わせるようにしゃがんで挨拶をすると、水葉はチラッと萌花を見てすぐ穂波の背後に顔を埋《うず》めてしまった。

「ちょっと、人見知りが激しくてね。ずっとこんな調子なの。でも、いったん気を許すと元気で甘えん坊だから、それはそれで気を付けてね」

穂波がそう紹介すると、水葉が穂波の背中を叩《たた》いていた。こんな紹介をされて恥ずかしいらしい。

可愛《かわい》い。萌花は思わず頬が緩む。

「せっかくですし、場所を変えてからゆっくり話しましょうか——」

桜咲が提案してきた。確かに、大講義室の一角に集まっているのは目を引く。特に椎名と穂波は賑《にぎ》やかなので。

そこで、萌花たちは桜咲の研究室に移動することにした。

「例の話についても、そっちで話した方がいいでしょうし」

桜咲の言葉に、椎名と穂波が表情を曇らせた。

「例の話って、何ですか?」

移動中、萌花は小声で桜咲に聞いた。

「『丑《うし》の刻参《こくまい》り』の呪いについてです——」

桜咲はそう言った。

「水葉ちゃんは、それに巻き込まれてしまっているんですよ」

文学部棟の三階。研究室が並ぶフロアは、講義室の並ぶフロアと違う空気がある。外界と遮断されたかのような、静寂。

桜咲研究室には物が無い。

正確には、研究室にあるべき物、研究室と聞いて想像するような光景は、ここには無い。

ソファーとテーブル。視界に入ってくるのは、まるでリビングスペースのよう。デスクも本棚も無い。中を見回すと冷蔵庫はある。

研究のための資料は、すべて桜咲の頭の中にあるのだ。桜咲が買った資料は、図書館に寄贈して誰でも見られるようにしている。

ここに入り浸っている萌花には見慣れた光景だけど、初めて来た穂波には物珍しい光景だろう。

「私の知ってる研究室とは、全然違うわ。これが本物の研究室なのね」

「そっちの方が正しいわよ。こっちが例外――」

椎名は苦笑しながら、真っ直《ま す》ぐ冷蔵庫に歩いていって、

「みんな何を飲む？　ビールに酎ハイ、ジュースにコーヒー、いろいろあるわよ」

「ええ？　……竜司くんって職場でお酒飲む人なんだ？」

穂波が完全に誤解していた。

「それは姉さんが勝手に入れているだけだ」

「……ええ？」

困惑しきりの穂波に、椎名が「はいこれ」とジュースを渡していた。見たことのないパッケージで、何の味なのかも解らなかった。

「昔から好きなやつでしょ」

「あ、ありがと」穂波は頬を綻ばせて、「今は、この子も好きなやつなんだよ」そう言って、椎名から受け取ったジュースを水葉に向けた。

水葉はジュースを受け取って、椎名のことを見上げると、「ありがとうございます」とお礼を言っていた。

「どういたしまして」

萌花と桜咲はブラックコーヒーを、椎名は穂波たちと同じジュースを手に取ると、

「とりあえずは、お疲れさま！」

講演会の成功を祝うように、乾杯をした。

「さて。積もる話もしたいんだけど、あまり先延ばしすることでもないからね――」

椎名が会話を仕切るように切り出した。

「水葉ちゃんが、変な事件に巻き込まれちゃっている。私はそれが許せない。だから、ここで作戦会議をするのよ」

椎名は怒りに声を震わせながら言った。ただ、あまりに怒っているせいか感情が先走っていて、話の内容はまったく見えなかった。

代わりに穂波が説明を始めた。呼吸を整えるように、大きく深呼吸をして。

「今、水葉が通う小学校で、妙な怪談・都市伝説が流行《はや》ってるみたいなの。『学校の隣にある神社で丑の刻参りをすると、相手を呪い殺すことができる』って――」

息が詰まり、かすれながら、絞り出すような声だった。

丑の刻参りに、都市伝説……。

いつもなら、その単語を聞くだけで、萌花は心躍って桜咲と楽しく民俗学談議に花を咲かせたくなっていただろう。

だけど、穂波の辛《つら》そうな様子と、水葉が事件に巻き込まれているという話を聞いては、楽しむことなんてできるわけがない。

桜咲も、しかつめらしい表情のままテーブルの上を見つめていた――睨《にら》んでいた。

穂波は、何度か深呼吸を挟みながら、ゆっくり話す。

「そんな都市伝説があった中で、運悪く、水葉が呪いの藁人形を見つけてしまったの。藁で編んだ人形に、大きな五寸釘《ごすんくぎ》が何本も刺さっていて……。それに、まるでミイラの包帯みたいにガムテープがぐるぐる巻きにされていたって――」

萌花はその光景を想像して、あまりの異質さに顔をしかめた。

「五月の連休明けのころ、みんなでかくれんぼをしてたとき、神社の裏の林に隠れようとしたら、そこの木の裏に、藁人形があったらしくて……」

穂波が言いながら水葉を見やると、水葉は俯《うつむ》き加減になりながら、こくんと頷いた。

「それで、水葉は藁人形を取って、担任の先生のところに持っていったんだって。ちょうどそのとき一緒に遊んでいたから。それで、一応警察にも来てもらって……。だけど、よくある『被害が無い』とか『事件になっていないと動けない』っていう話になって、結局のところは話をちょっと聞いただけで、『重点的に巡回して、気を付けます』みたいな話で終わっちゃったの——」

穂波は、怒りというか、悔しさを込めたように言った。

「けど、それ一回で終わらなかった。さらに続けざまに二回、新たに藁人形が見つかったの。五寸釘の刺さった藁人形が……。それで水葉が、すごく怖がるようになっちゃって」

「それで、椎名さんとか先生に相談を、ということなんですね？」

「ううん——」

穂波は首を横に振って、

「それだけじゃないのよ……。それからしばらくしたら、『あの藁人形は、水葉が呪いをかけていたんだ』なんていう噂《うわさ》が学校で流れ始めたの」

「そんなっ……」

「悪い流れって、重なっていくんだろうね——」穂波は自嘲するように、「私は、いつも『陰陽道を使う』仕事をしてるでしょう？　そしたら、『親も呪いを使うんだから、娘の水葉も陰陽道の力があるはずだ』なんていう話にもなって……」

萌花は絶句した。

思わぬ方向に話が進んでいる。とても嫌な方向に。

「『新田に嫌われると呪いをかけられるぞ。気を付けろ』なんて、イジメみたいなことも言われるようになった。……調べてみたら、小学校の裏掲示板っていうの？　匿名でネットに書き込めるところに、そんなことが書かれてて……」

穂波が手を固く結んでいた。その腕に、隣から水葉が抱きつく。

震えている……それは穂波か、水葉か、それとも両方ともか。

……酷い。最低だ。

「こういうことがあったから、今日の講演会も、水葉も一緒には来ていたけど、話を聞くのはちょっと無理ってことで、それで椎名に遊んでもらってたの——」

椎名が居なかった理由は、本当はそれだったのか。

「一応、仲のいい友達はちゃんと解ってくれてるみたいで、変なことを言われるたびに一緒に戦ってくれてるんだって。『ちょっと男子ー』って」

穂波が冗談めかして言った。

「……恋《こい》先生も」

ふいに水葉が言った。消え入りそうな小さい声だけど、少しだけ力強い。

「そうだね。担任の恋先生——唐川《からかわ》恋先生も、一緒に戦ってくれてるんだよね」

「うんっ」——頷きも力強くなっていた。

「担任の先生が、親身になって心配してくれてるのよ。『変なことを言う人は、私が許さないぞー』とか、『水葉ちゃんは先生が守る。水葉ちゃんを傷つけるなら、先に先生を倒してみるがいいー』なんて——」

穂波はそう言いながら、両手を上げて力こぶを作るようなポーズをしていた。きっと、恋も同じポーズで明るく言っているのだろう。

「それに、校長先生も心強いわ。川平武蔵《かびらむさし》校長。沖縄出身で、真っ黒に日焼けしているんだけど、毎日最初に学校に来て、最後まで学校に残っている、職務熱心な方なのよ」

穂波が、心なしか安堵しているように頬を緩ませていた。

一方、隣の水葉は、なぜか眉間の皺《しわ》を深くしていた。

「あぁ。水葉は、校長先生がちょっと苦手みたいで。彫りの深い顔で、体育会系で、その、圧が凄くて……」

穂波は、水葉の身体《からだ》を抱き寄せながら、溜息交じりに呟く。

「私たちが呪いをかけられた側なら、まだ耐えられたのかもしれない。呪いなんて無いって笑い飛ばすこともできた。……でも、呪いをかけた側にされてしまったら、弁明を聞いてもらえなくなる。加害者扱いされて、声を聞いてもらえない……」

その言葉を聞いて、萌花も胸が苦しくなる。

すると、椎名が弾かれるように桜咲に詰め寄って言った。

「ねぇ竜司、民俗学の知識で何とかできないの？　これこそ『風評被害』じゃないの」

「いや、何とかと言われてもな……」

「たとえば、『楽しい丑の刻参り』とか、『幸せになるための藁人形講座』とか……」

「無茶にも程がある――」

そんな椎名の無茶ぶりに、穂波も呆れたように、だけど少し笑いを漏らしていた。

重苦しい空気が、少しだけでも軽くなった気がした。

「まぁ、丑の刻参りは、当初は呪いなんかじゃなく、単なる祈禱《きとう》――願いを叶《かな》えるためのものだった、という話はあるが」

「だったらそれで……」

「だが、いまさら本来の意味を語ったところで、それは『過去のこと』扱いされてしまうだけだろう。現代では『呪い』としての印象が強すぎるから、他の説を語ったところで、その印象を覆すことは不可能だろう」

「……そう」

椎名は肩を落として、考え込むように俯いた。

研究室内が、静寂に包まれる。

穂波は、自身の手を見つめるように、俯いたまま。その隣で水葉は、穂波の腕にしがみついたまま、離れない。

今の水葉の年齢は、萌花が『妖怪の正体』を調べる面白さを知った年齢に近い。自分にとって、この年齢のときに、『好き』と『嫌い』が決まったような気がしている。

そんな時期に、もしこんなことで水葉が母親の仕事について悪いイメージを持ったり、距離を取るようになってしまったら、そんな理不尽なことはない。

「あの、椎名さん。そういえば、日光の方でやる仕事ってありませんでしたっけ？」

萌花は思わずそう聞いていた。聞いてから、萌花はしまったと思った。こんな提案をしたら椎名の答えは決まっているのに。

案の定――

「そういえば、ちょうど日光の業者から依頼があったのよね。いつになるかはこれから調整するんだけど、せっかく日光に行く用事があるんなら、そのとき穂波の所に行くのもいいわね」

椎名はそう返してきた。日光での依頼なんて入っていないはずなのに。

「え？　ちょっと椎名、それじゃ……」

「なによ穂波？　まさか私に、日光に来るなとか言うつもり？　もしそんなことを言っても、私は勝手に行くからね。いざとなったらあなたの家の庭で野宿してやるわ」

椎名が詭弁《きべん》交じりに論点をすり替えたものだから、穂波は言葉に窮していた。かと思うと、フッと溜息交じりに表情を緩めて、

「解った。解りました。もう相変わらずなんだから。これと決めたら周りの意見をまったく聞かずに決めちゃって、周りをぶんぶん振り回して、でも、それでみんな楽しくなっちゃうのよね……」

「結果オーライよ」

「自分で言うなっての――」

穂波は椎名を小突きながら、ふと萌花のことを見やってきて、

「……しかも最近は、似たような弟子まで育ててるんだねぇ」

「えっ？　私がですか？」

萌花は声が裏返るほど驚いてしまった。似てるだとか弟子だとか、おこがましい。

「ちょっと萌花ちゃん。そんなに私の弟子っていうのが不満なのかしら？」

「ち、違います。逆です。私が弟子なんておこがましいというか……」

萌花が困惑しながら弁明すると、椎名も穂波も揃《そろ》って笑っていた。

「ねぇあなた――萌花ちゃん」穂波が笑いを含めながら言う。「あなたの師匠は、と

ってもいい奴よ。それは私が保障する……までもないだろうけど」

「それは、はい。知ってます」

「なら大丈夫ね。是非とも、こいつの良い所だけをしっかりと受け継いでちょうだい」

「それは……」萌花は反応に窮して、苦笑するしかなかった。

「ちょっと穂波。それじゃあまるで私に悪い所があるみたいじゃないの」

「……無いと思えてるあんたは凄いわよ」

そんな冗談めかした言い合いに、二人は笑って、萌花もつられて笑っていた。

暗い話になってしまっていたけれど、少しは明るくなれたかもしれない。

それだけでも、自分が提案したことには意味があったんじゃないか。

もちろん、水葉のことを苦しめている事態が解決するに越したことはないのだけど。

こうして、萌花と椎名と桜咲は、後日、新田家のある日光へ向かうことになった。

第二講義
江戸の鬼門を守るモノ

1

大学が夏休みに入ってからというもの、萌花の生活は、もっぱらアルバイトを中心に動いていた。

椎名の事務所――さくらさく不動産鑑定でのアルバイトを始めて、まる三ヶ月。

これまで大学があった時期は、いつも夕方から少しの時間だけ入るような感じだったけれど、今は夏休み。午前から入ってギリギリの時間まで仕事をすることもあった。

前に椎名から、「勤労学生控除を使えば年間一三〇万円までなら非課税だから、そこまで頑張ってみる？」と言われたときは、即答で「是非！」と答えたけれど……。

その後すぐに、「でも、一〇三万円以下じゃないと親の扶養から外されちゃうから、親の税金負担は上がるけどね」と言われてすぐに考え直した。

しかも、「うちの給料じゃ、一三〇万円どころか一〇三万円も超えられないでしょうけどね」と笑っていた。実際そうではあるんだけど。

……むしろ、給料以外で椎名さんにしてもらえていることも含めたら、合計一三〇万円なんて軽々超えているんだけど。

萌花はつい頬を綻ばせながら、弾むようにパソコンのキーボードを叩いていく。

数千万単位の数字の入力と確認、調査データの整理と入力、次の調査のための下準備、椎名のスケジュールの確認等々——。

そんな椎名のスケジュールには、先日、新たに『八月一六日　日光』と記された。

もちろん萌花と桜咲のスケジュールにも、同じものが入っている。

学生で夏休み中の萌花はいつでも行けるのだけど、一方で椎名と桜咲はスケジュール調整に苦労していたようだった。

日光行きまで、あと一週間。その間に、せめて状況が悪化していないように願う。

気分を切り替えて、萌花は目の前の仕事に集中する。

椎名は、今回の日光行きに関係して、他の仕事を後に回さず先に済ます方向でスケジュールを動かしたため、特にタイトな締め切りの仕事がいっそうタイトに詰まってしまっていた。

しっかり戦力になっていかなくちゃ。

この三ヶ月の経験で、これまで仕事を覚えるために使っていた時間も、今は別の仕事を処理することに使えるようになっている。暇なときには、椎名からプチ勉強会のようなこともしてもらっている。

まだ資格を持っていない萌花には、自分一人でできないことは多いけど、それもいずれ資格を取って一人でやるようになると思うと、楽しみでもあり、不安でもある。

とにかく今は、一つ一つできることを増やしていきたい。

「ねぇ萌花ちゃん――」

ふいに椎名に声を掛けられた。

「今度、一一日に上野の方で仕事があるんだけど、それ一緒に行く?」

「上野ですか?」

萌花は答えながら、パソコン上のスケジュールを開いた。確かに、八月一一日の欄には『上野・華山家《はなやま》』と記載がある。

「私の予定は特に無いから大丈夫ですけど、どんな仕事なんですか?」

「うん。上野にある、ザシキワラシの出る家の……」

「行きます」

「即答ね」椎名は苦笑した。「まだ話の冒頭しか言ってないのに」

「って言うか、ザシキワラシが出るような所なんて、いつでもどんな場所でも行くに決まってるじゃないですか」

なにせ萌花は、妖怪について調べることが大好きなのだ。特に妖怪の正体に関しては、寝食を忘れて調べたり考察したりし続けられる自信がある。

「今回の仕事は、上野にある旧家・華山家の相続に関するものなの」

「相続、ですか」

萌花は言葉を繰り返しながら、頭の中では『争族』という漢字が浮かんでいた。その漢字の通り、一族が争いを始めてしまうきっかけになりやすいのだと。

「そもそも、相続財産の不動産を鑑定士が鑑定することは、例外的なのよ」

「そうなんですか？」

「相続財産の不動産の評価はね、国税庁が公表している『路線価』っていうのを基準にして計算するのが基本なの。例外的に、近場で路線価が設定されてないときとか、急な経済情勢の変化で対応できてないとかいうときに、不動産鑑定士が鑑定するって感じね」

「それじゃあ、珍しい依頼なんですね」

「珍しいし、今回のは特に特殊なのよ――」

椎名は、苦笑しながら溜息を吐《つ》いて、事案の説明をした。

「今回、華山家の主人だった耕造《こうぞう》さんが亡くなったことで、相続が発生したのね。奥さんは先に亡くなっていたから、その相続人は、まず長女の結衣子《ゆいこ》さん。そしてもう一人が、長男の広大《こうだい》さんの息子・大希《だいき》さん。広大さんが先に亡くなってるので、いわゆる代襲相続ってやつね」

「……なるほど」

萌花は呟きながら、民法を思い出す。大学一年の萌花はまだ学校では習っていないけど、不動産鑑定士を目指す身として、独学は進めていた。

代襲相続というのは、本来なら相続を受けられる関係にいる人（推定相続人）が、相続発生より先に死んでしまっていた場合は、その子供が（子供も先に亡くなっていた場合は孫が）代わりに相続を受けることができる、という規定だ。

今回は、父親が亡くなったことにより、通常ならば長女と長男が相続を受けられるはずだったところ、長男が父親より先に亡くなっているので、長男の子供が相続を受けられることになる、ということだ。

「それで、その亡くなった耕造さんが住んでいた上野の建物と土地について、鑑定をしてほしいって依頼されたのよ。依頼主は、長女の結衣子さん――結婚して姓が変わってて、市岡《いちおか》結衣子さんね」

「なるほど……」

「ただ、その下調べを続けてたところで、依頼主じゃない方の相続人・大希さんが、『この不動産を安く相続したい』なんてことを言い出して、絡んでくるようになったのよ」

「え？　……安く相続？」

萌花は、その言葉の意味がよく解らなくて聞き返した。

「相続の対象になっている不動産の評価額が下がれば、その分、相続財産の額も減ることになる。そうなれば、相続税の額も下がるってこと」

「あぁ、なるほど」

「あと、そもそも相続で手に入る不動産の価格って、売買とかの市場価格とは違うから、売買の相場よりも二、三割くらい安くなるのよ。さっき言った『路線価』との関係でね。だから、この又とないタイミングを利用して安く土地を手に入れて、高く売ることで利益を増やしたいってこともあるみたい」

椎名は皮肉に口角を上げる。

「確かに、又とないタイミングですね……」

「本来は、『人の死』っていう偶発的な事情によって、相続人に過度の負担を負わせないようにするっていう意味もあるんだけど。相続税って、極論を言えば『人が死んだんだから税金を払え』っていう話でもあるから」

「そう言われると、なんか酷い制度に思えますすね……」

「でも、そもそも相続税って、最低でも三六〇〇万円までは非課税になるから、実際に払わなきゃいけない人は相続全体の九%くらいしかいないのよ。つまり、金持ちだけが払うことになって、巡り巡ってその税金が国民全体に還元されるわけ」

「あぁ。そう考えると、格差是正に役立つ制度なんですね」

「そういうこと」椎名は頷いて、「あと、相続税の率が上がれば上がるほど、お金を使わずに保管している高齢者が積極的に消費するようになる、っていう効果もあるって言われてるわね。相続税が高いなら、自分が生きてる間に使っちゃえって感じ」

「へぇ。そういうこともあるんですね……」

「だから、極論として『相続税を一〇〇%にしろ』っていう主張もあるくらいよ」

「ええ？　それって、確かにみんな生きてる間にお金を使うようにはなりそうですけど、そもそも寿命じゃなくて事故死とかもあるのに、それでいきなり財産が没収されることにもなっちゃいますよね」

「まぁね。ただ、そういう極論を言うことによって、相続を別の視点で見たり、複雑な効果があるってことを考えるきっかけにもなるってことよ」

「確かに、そうですね」——萌花は深く頷いた。

本当に、椎名の話を聞いていると、様々な視点があることに気付くことができる。

逆に、そういうことに気付いている人じゃないと、法律に関する仕事は難しいのかもしれない、とも痛感する。

それこそ相続みたいに、大きなお金と多くの人が絡むと、いろいろなことを考える人が出てくる。どうにかして自分が得をしたい、というのがひしひしと伝わってくる。

……そういうのが『争族』に繋がるんだろうな。

「現金って、額が目に見えてるから、価値が解りやすいでしょ。でも、不動産の価値は目に見えない。そんなこともあって、特に相続は、不動産の価値によって命運が分かれやすいのよ。だからこそ、不動産鑑定士っていう職業が必要なんだけど――」

椎名は、どこか誇らしげに微笑むと、一変、表情を皮肉に歪《ゆが》めて、

「まぁ、現金みたいに価値が目に見えてても、当事者が納得できなければ争いは起きるんだけどね」

「それは、まぁ、そうですね……」

何ともやるせない話だった。

ところで、萌花は一つ、気になっていることがある。

「あの、椎名さん。ザシキワラシはどこに出てくるんですか？」

「あぁ、それね。……実は、私にとっても急に出てきた話で、まったく解ってないのよ。このあいだ、結衣子さんがメールしてきたときに出てきたんだけど……」

言いながら椎名は、今回の件についての資料と、依頼主の結衣子から送られてきたメールを渡してくれた。

鑑定対象は、上野の寺が多く集まる地域にある、一軒家の土地建物だ。

今回亡くなった人――被相続人は、華山耕造。九〇歳の大往生だった。

妻は早くに亡くなっていた。子供は二人。長女の結衣子と、長男の広大。

結衣子は現在六九歳。嫁入りして結婚時に家を出ていて、二人の子供を育て上げて

からは夫婦で暮らしていた。八年前に夫が他界。その一方で、上野の邸宅で独り暮らしていた耕造が弱ってきていたこともあって、市岡の自宅は子供たちに任せ、上野で耕造との二人暮らしをしながら献身的な世話をしていたという。

一方、広大は三年前に他界している。享年六三歳。大学進学と同時に家を出て、在学中にパソコンソフト会社を起業。妻と一人息子がいて、今回は、この一人息子である大希・三五歳が代襲相続をすることで、相続人になっていた。

法学部生の萌花にとっては、不謹慎ながら、生の教材になるような案件だった。今の自分の知識では力にはなれないかもしれないけれど、しっかり勉強していきたい。

続けて萌花は、結衣子から椎名に送られてきたメールを見た。

このメールは、何度か打ち合わせをした後に、急に結衣子から送られてきたものだという。

もう一人の相続人である大希が、不動産価格を安くしろと迫ってきていると。

『さくらさく不動産鑑定　桜咲椎名様

拝啓　猛暑の候、桜咲様に置かれましては、お変わりなくお過ごしでございましょうか。

先日は、故・華山耕造の相続財産である上野の土地建物につきまして、調査・鑑定をしていただけるとのご返答を頂けて、大変感謝しております。

桜咲様ならば、正当な評価をしていただける。私はそう信じておりますが、この度、もう一人の相続人である甥《おい》の大希から、「上野の土地建物は自分が相続する」との主張をされるようになりました。

そのことは、不動産鑑定士である桜咲様に相談することではないのですが、大希は合わせて、「上野の土地建物には、様々な減額事由がある。だから価格は非常に安くなるはずだ」という旨の主張もしているのです。

こうして不動産価格を減額させることで、少しでも相続税を安くしたいという算段なのでしょう。

私は、不動産の額などには興味がありません。むしろ、正確に評価していただくことこそが重要だと思っております。

唯一の希望は、この土地も、家も、絶対に渡したくないということ。

この土地も、家も、家族全員で守ってきた、という自負があるのです。その意志も無い者が相続して、赤の他人の手に渡ってしまうことなど、断じて許容できません。

この、ザシキワラシの居る家については、誰にも譲れないのです。

どうか、桜咲様のお力添えを頂ければと思います。

敬具』

萌花の目を引いたのは、何より『ザシキワラシの居る家』という言葉だった。

ザシキワラシ――

岩手県の遠野を舞台とした民話集『遠野物語』に登場する、妖怪――と言って良いのかはわからないけれど、人ではない存在。

一〇歳前後の幼い子供の姿をしていて、名前の通り、座敷にいる姿が目撃されたりする。

ザシキワラシが住みついている家は繁盛し、逆に、ザシキワラシが去った家はすぐにも衰退してしまう、と言われている。『遠野物語』に収録されている話にも、ザシキワラシが去った家についての話がある。

いわく、近所では見かけない子供が歩いていたので声を掛けると、「村一番の長者の家から来た。これから向こうの村の、誰それの家に行く」と言った。その後、長者の家の者がキノコの毒に当たり、幼子一人を残して全滅してしまった。後になって思えば、長者の家から出てきた子供は、ザシキワラシだったのだろう。

そして、「どんどはれ」の一言で締められる。

ザシキワラシの正体については、諸説ある。

特に有名なのは、『間引きをした子供』説――

過酷な東北地方の冬は、食べ物も着る物も限られていた。そんな極限状態で、自分の家で育てられなくなった子供を地主などの金持ちの家に譲ったり、山に捨てたり、あるいは、殺して自宅の土間に埋めてしまったりもしたという。

そんな子供の幽霊――あるいは生前の姿を幻視したものが、ザシキワラシの正体ではないか、と。

それとは別に、現実的な解釈をする説もある。資産家や地主として子供を預かっていた家が落ち目を迎えると、預けられた子供たちが一斉に去っていく。その様を見て、「ザシキワラシが去った」と言った、と。

つまり、ザシキワラシが去ったから家が貧乏になった、というのではなく、家が貧乏になったからザシキワラシが去っていった、という時系列の話だと。

他にも、河童が座敷に上がり込んだらザシキワラシになる、という話もあったりして、萌花にとっては興味が尽きないのだけど。

そんなザシキワラシが、上野の旧家に居る……らしい。

「椎名さん。ザシキワラシについては、これ以上の話はまだ解らないんですよね？」

「やっぱりそこが一番気になるんだ――」

椎名がからかうように笑いながら、

「そうね。私も、それまで話に出てなかったのにこのメールで急に出てきて驚いたくらい。ていうか、私に依頼するのに、そういうのを黙ってたのも意外っていうか」

「確かに、椎名さんはそういう不動産にまつわる妖怪や伝承に強い、っていう建前で仕事をしてますものね」

「建前って言うな。弟の活躍の場を増やしてあげているのよ。適材適所よ」

椎名の冗談はさておいて。

「この話、桜咲先生にはしてあるんですか?」

「もちろん。竜司も一緒に連れてくわ」

さも当然のように言う椎名。おそらく拒否権など無かったことだろう。

「解りました。私も一緒に行きます」

萌花は改めて参加表明をした。

椎名は嬉しそうに頷いて、萌花も参加することをスケジュールに書き込んだ。

2

八月一一日。午後一時。

今日も快晴。今日も真夏日。できることなら外出したくない、だけど外出する予定がある——行きたい場所がある。

今日、萌花は上野のザシキワラシの家に行くのだ。

萌花は、いまだに着慣れないスーツを着て、最寄りの西武池袋線・東久留米駅まで車で母親に送ってもらうと、厳しい陽射しと熱から逃げるように電車へ乗り込んだ。

「おお、来た来た。萌花ちゃんお疲れさま。予定通りね」

ちょうど乗り込んだ車両に、椎名が座っていた。その隣には桜咲もいて、軽く手を上げてくる。二人とも、首元を涼しげに開けたクールビズ仕様のスーツ姿だった。

桜咲姉弟は所沢在住だから、手前の駅から乗ってきている。そこで、萌花の最寄《もよ》りである東久留米駅で合流することにしていたのだ。

「お疲れさまです。……はぁ、暑いですね」

萌花は椎名の隣に座って、深く息を吐いた。

母の車もこの電車も冷房は効いていたけれど、その途中、ほんの少しホームで電車を待っていただけで、日陰にいてもジリジリと肌が焼けてくるような感じだったのだ。

「ホントにね。寒いんだったら着込めるけど、暑いときはどうしようもないのよね」

椎名が忌々《いまいま》しげに言い捨てた。

「椎名さんは、暑いのと寒いのとでは暑い方が苦手なんですね」

「そんなことないわよ。……どっちも苦手」

「あ、なるほど……」萌花は思わず苦笑した。

「寒いときは着込めるって言っても限度があるでしょ。それに、顔はどうしても吹《ふ》き曝《さら》しになっちゃうし。……その風が本当に冷たいってのに」

「ああ、解ります。マスクをしてると少しはマシになりますけど、それでも風が痛いんですよね」

するると桜咲も会話に加わって、

「以前、姉さんは冬の寒さがあまりに辛いからって、目出し帽をかぶって土地の現地調査をしていたことがあったんだ」

「えっ……」萌花は思わず絶句しながら、椎名の顔を見やった。椎名はバツが悪そうに視線を逸《そ》らす。

……目出し帽って、あれだよね。頭から被るニット帽みたいな物で、目と口の部分に穴が開いてるやつ。

冬の登山をするときなどに防寒具として使われている物だけど、むしろ「銀行強盗が被《かぶ》っている物」としての印象が強い。漫画や映画の影響だろう。

そして案の定……。

「あのとき姉さんは、長年放置されていた雑木林に入り込んでいたものだから、何か危険な物を埋めに来た犯人だと疑われて、通報されたんだ」

半笑いで言う桜咲を、椎名は刺すように鋭く睨みつけながら、

「とんだ風評被害よ。目出し帽はれっきとした防寒具なのに、それを被って仕事をし

ていただけで通報されちゃうなんて」

　確かに、それはそうなんだけど……。萌花はついその光景を思い浮かべて、思わず笑ってしまいそうになったけれど、何とか堪《こら》えながら言った。

「普通に現地調査の作業をしているだけでも、怪しまれたりしますからね。私はまだアルバイトですけど、だからこそ『若い女が何をやってんだ？』って感じで声を掛けられたこともありますし。現地調査に行く度に、やっぱり周囲に怪しまれないよう気を張っちゃいます」

「そんなことがあったのね――」

　椎名は口角を上げながら、

「私は、『若い女が』なんて言われたことないわ――」

　その目は笑っていなかった。

「一〇年前でもそんなこと言われたことなかったわ」

　椎名の刺すような視線が、痛い。

　萌花は、何と返していいか判《わか》らず、言葉に詰まった。

「まぁいいわ。気を取り直して話を戻すけど――」

　気を取り直すほど傷付いていたらしい。椎名は聞こえよがしに空咳をしてから、

「相続とか売却のための土地調査だと、長年放置されている土地に踏み入ることもあ

るし、公売とか競売のための調査だと、差押え対象の家にまだ人が住んでたりするから、その人にも見つからないように調査することもあるのよね」

人目を気にしながら、メジャーで長さを測ったりカメラで撮影したりして土地を調べていく……場合によっては地面にしゃがみ込んだり塀に登ったりもしないといけない。そんな様子を傍《はた》から見られたら、怪しまれても仕方ないと思う。

ましてや、顔が隠れる目出し帽を被っていたりしたら余計に。

特に、男性の不動産鑑定士は、常に怪しまれないよう注意している、という話を椎名からもよく聞いていた。平日昼間から、土地や家をキョロキョロ見ている大人の男性というのは、女性よりも余計に不審に思われがちなのだと。その上、不動産鑑定士という職業の知名度があまりに低いので、説明をしても誤解をときにくいらしい。

これは、「まともな成人男性は、平日昼間には会社に行って働いているはず」という固定観念のようなものもあって、「平日昼間に歩いている男性は怪しい」とか「働いていない」とか思われがちなのだろう。

「もっと仕事がしやすくなるように、不動産鑑定士の知名度も上がっていってほしいですね」

「ホントそれよ。この間なんか、土地の売買契約の交渉に同席したら、相手が『うちの弁護士は、この土地はもっと安いと言っている。弁護士じゃないくせに偉そうに言うな』とか言ってきて……。不動産の価格鑑定は、不動産鑑定士の専売特許。弁護士が出しゃばってくる方がおかしいってのに」

「それ、どうなったんですか？」

「どうもこうも、弁護士会の無料法律相談で一方的に話してきただけなのに、『こっちには弁護士が付いている』って言うことで、私をビビらせようとしたみたいよ。あまりに世間知らずな相手だったから、交渉はめでたく完全破談で終わったわ」

「それは当然ですね」

「せめて、萌花ちゃんが不動産鑑定士になる頃には、少しでも動きやすくなってるようにしたいわよね――」

萌花は大きく頷く。不動産鑑定士になることが、萌花の将来の目標なのだ。そのための勉強も進めているし、何より、萌花のすぐ隣には目指すべき憧れの先輩もいる。

「私も事あるごとに、『不動産鑑定士は、日本三大資格の一つなのよ』なんて説明して回ってるんだけど、ほとんどの人が興味もないし、そもそも三大資格なんて聞いたこともなかったりするのよね……」

日本三大資格というのは、学歴などの前提条件を問わずに受けられる資格試験の中で難関な試験の資格を言うらしい。それが、司法試験の法曹、公認会計士、そして不動産鑑定士なのだと。

ただ、難関資格と聞くと、ほとんどの人が医師を思い浮かべてしまうのもあって、そういうときは三大の中から不動産鑑定士が弾かれ、陰に追いやられてしまうのだ。

「あ、それなら――」と、萌花は一つ思いついたことを提案してみた。「椎名さんも、新田さんみたいに動画配信をやってみるのはどうでしょう？　さすがに個人の不動産は出せないでしょうけど、適当な公園とかを使って、実際に鑑定のための調査をしてみるとか」

「単に調査するだけ？　それって、見る方は面白くないんじゃない？」

「え？　私は面白いんですけど」

「それは萌花ちゃんが変わり者だからでしょ。普通の人は、そんなの見せられたって退屈するに決まってるじゃない」

酷い言われようだ。萌花はもちろん椎名だって、好きでやっている仕事なのに。

それでも、萌花は本当に、不動産鑑定士の仕事が面白いと思っているのだ。なので、改めてどこが面白いと思うのかを考えながら、説明をしていく。

「……たとえばですけど。調査を淡々と進めるんじゃなくて、災害に関する地名のうんちくとか地形の注意点とかを話しながらだったら、歴史や民俗学が好きな人にとっては面白いんじゃないでしょうか？　『ブラタモリ』の不動産鑑定士バージョンみたいな」

タレントのタモリが、研究者らと共に日本各地の歴史や伝統に触れていきながら、どうしてそのような歴史や伝統が築かれてきたのか——そして今もそれが残り伝えられているのか——という謎を探っていくＮＨＫの番組・『ブラタモリ』。

その中でちょくちょく、タモリと専門家が地盤や鉱石の話で盛り上がったり、地形の成り立ちなどが興奮気味に語られたりしている。

萌花はこの番組を見ながら、そういったうんちくを楽しむと同時に、「あ、この話、災害伝承の考察にも応用できるかも」なんて考えたりもしていた。

だから、不動産鑑定士の仕事に絡めて、そういう話ができるんじゃないかと思ったのだ。

「なるほどねぇ。確かに、特徴は作れそうだけどねぇ」

と椎名は言うものの、あまり乗り気ではなさそうだった。

「椎名さんだったら、そのまま動画配信をするだけでも、すごく面白くなると思いますけど」

「それは、いい意味で？　それとも悪い意味で？」

「い、いい意味に決まってるじゃないですか。すごく魅力的だっていうことです」

見た目の綺麗さ、格好良さはもちろん、その性格も格好良いと思う。

自分をしっかりと持っていて、言いたいことはビシッと言って、だけど無闇に相手を傷つけるようなことはしない思いやりもある人。だからこそ、憧れる。

「あら、上手く言葉を選んだわね」椎名は皮肉を込めたように笑いながら、「でも、私は動画配信はやらないと思うわ。穂波からもやらない方が良いって言われてるし」

「そうなんですか？　それってどうして……」

「すぐに炎上しそうだからって」

「……あぁ」

萌花は思わず納得してしまった。萌花にとって椎名は格好良くて魅力的ではあるけれど、この性格が合わない人にとっては、もしかしたら鬱陶しいかもしれない。

見れば桜咲も、何度も深く頷いていた。

「あなたたちね……」

椎名が、萌花と桜咲を交互に睨みつけてきた。

萌花は思わず視線から逃げるように、窓の外へ視線を向ける。

高架を走る電車の車窓から、遠く富士山が見えた。

その直後、電車は『富士見台《ふじみだい》』駅を通過していった。

3

池袋駅に着くと、西武線のホームから地下におりて、ＪＲの改札へ向かう。そして、外回りの上野・東京方面の電車に乗り込んだ。

目的地は、上野の華山家という話ではあるけれど、その最寄り駅は上野駅ではなく、その一つ手前の鶯谷《うぐいすだに》駅だった。

世間は夏休み真っ盛り。昼間の山手線には空きの席などなく、萌花たちは車両の奥に詰めるように並んで立った。

「山手線の外回りと内回りって、何回乗ってもどっちがどっちか判らないわ――」

椎名が愚痴っぽく言った。萌花も「まったくです」と力強く頷く。

「時計回りと反時計回りの方が判りやすいのに、何か意味があるのかしら？」

椎名はそう言いながら、桜咲に視線を送っていた。

思わず萌花も、期待を込めて桜咲を見る。桜咲先生だったら知ってそうだ、と。

すると桜咲は苦笑しながら、案の定というか、説明をしてくれた。

「元々、電車の線路は、自動車の道路と同じような構造になるように造られているんです。つまり、日本では左側通行になるわけです」

「……そう言われてみると、確かにそうですね」

さっきまで乗っていた西武池袋線を思い浮かべてみても、電車は進行方向に向かって左側の線路を走っていて、対向電車はその右側を通過するようになっていた。

そして山手線も、並行する路線がたくさんあってややこしいけれど、山手線の線路同士を比べれば、進行方向に向かって左側の線路を走っている。

「左側通行ということは、必然的に、時計回りに走ると外回りに、反時計回りに走ると内回りになる、というわけです。山手線を一本の線で表現してしまうと混乱しがちですが、二本の線で表現して道路と同じように左側通行をしていると考えると、間違えたりはしませんよ」

「なるほど」と萌花は納得した。

けれど椎名はあまり納得していないようで、

「でも、それでも時計回りと反時計回りで説明した方が判りやすくない？」

「まぁ、言葉で説明すると、そっちの方が単純明快ではある――」

と桜咲は認めながらも、

「それでも個人的には、内回りと外回りの方が楽でいい。もし時計回りや反時計回りなんていう名称変更をされたりしたら、最悪だ」

と、桜咲には珍しく、不機嫌を露《あら》わに言う。

「最悪って、何かまずいことでもあるの？」

「原稿を書くときに文字数が増える」

「……あぁ」椎名は納得したように声を漏らして、軽く笑っていた。

桜咲は溜息交じりに、

「今度、山手線の三〇駅一つ一つを題材にして、災害伝承に絡めたコラムを書く仕事があるんだ……。指定された枠に収まるように行数を一つでも削るためには、一文字一文字を堅実に削っていく必要がある。そんなときに、『時計回り』とか『反時計回り』なんていう余計な文字数を使えるわけがない。その文字数を削るだけでも、他の書きたいことに文字数を回すことができるのだから」

そんな桜咲の熱弁に、椎名は「なるほどよく解ったわ」と引き気味に苦笑していた。

その代わりに、というのも可笑《おか》しいけれど、萌花が身を乗り出すように言う。

「でも、山手線の駅を題材にした災害伝承のコラムって、すごく面白そうですね。私、早く読んでみたいです。雑誌でも新聞でも本でも、絶対に買って読みますね――」

駅名や地元の地名など身近なものを題材に、普段とは違う災害伝承としての視点で見つめ直すのは、新しい発見があって楽しいのだ。萌花の気付いていなかった意外な事実や、重要な歴史などを知ることができる。

「あの、具体的にはどのような話になるんですか？　私、誰にも言いませんので」

「いや、この人混みの中で『誰にも言わない』と言われても……」

「……あ。そうですよね、すみません」

萌花はスンと冷静になって、気恥ずかしさを覚えながら縮こまった。

そんな萌花を見て、椎名は可笑しそうに、

「ホント、萌花ちゃんって民俗学のことになると周りが見えなくなるわよね」

「すみません……」

「いいのよ。それが萌花ちゃんの良いところなんだし。少なくとも私は、そういうのに慣れてるから大丈夫だし」

椎名がチラリと桜咲を見やると、桜咲は鬱陶しそうに顔をしかめていた。そして桜咲は、「話を元に戻しますが——」と少し強引に切り替えた。

「さすがに新作の原稿の内容は話せませんが、講義やゼミで話したことのあるものなどは話せますよ」

「あ、ありがとうございます」

萌花が少し強引になりすぎたせいで、桜咲に気を遣わせてしまったかもしれない。とはいえここは、その気遣いに甘えることにした。

「それでは、そうですね……。上野駅について話しましょうか——」

桜咲は、あたかも悩んでから上野駅を選んだかのように話し始める。だけど、きっと話をすると決めた時点で、上野駅について話す気だったろう。これから萌花たちが行くところなのだから——厳密に言うと隣駅だけど。

萌花も話の流れに合わせるように、頷いて先を促した。

「上野は、実は京都なんですよ」

……何を言っているんだろう、この人は？

心なしか、周囲の視線もちょっと痛く感じてしまう。

そういえば、この間も「佐賀はヴェネツィアなんです」とか言っていたことがあったけど……。

ただ、そう考えると、いくら突飛なことでも桜咲なら合理的な説明ができるはずだ、と思えた。となると今回も、しっかり「上野は京都だ」と納得できる説明があるのだろう。

萌花は期待を込めて、桜咲をまっすぐ見上げた。

「一番解りやすいところから説明すると、まず、上野で最も大きな寺——『寛永寺《かんえいじ》』というものがあります。江戸時代の一六二五年に、天海《てんかい》という僧侶によって開山された寺です」

萌花は、桜咲の説明と同時にスマホで地図を見た。桜咲の話は、地図を見ながらだと面白さが何倍にもなるのだ。

寛永寺という名前の寺は、JR山手線・鶯谷駅のすぐ近くにあった。ただ、地図で『寛永寺』と検索すると、そこ以外にも霊園やら時の鐘やら、いろいろな施設が点在しているようだった。その一帯は、地図上で緑色に表現されていた。上野公園だ。

「寺には山号《さんごう》というものが付きます。『〇〇山《まるまる》××寺《ばつばつ》』みたいな表現をよく聞くでしょう。たとえば『比叡山延暦寺《ひえいざんえんりやくじ》』はセットで覚えている人も多いかと思います――」

確かに、と萌花は深く頷いて、先を促した。

「そして、この寛永寺の山号は……『東叡山《とうえい》』といいます。文字通り、東の叡山です」

「……え？　そのままなんですか？」

「そのままです。寛永寺は、東の比叡山として開かれたんですよ――」

桜咲は楽しそうに微笑みながら、

「ちなみに、上野には『清水寺』もあります。その名も、『寛永寺清水観音堂《きよみずかんのんどう》』」

「本当に、そのままなんですね……」

萌花はすぐに清水観音堂を検索した。それは、不忍池《しのばずのいけ》のすぐ東側、上野公園のほぼ南端にあった。

「これはもちろん、京都の清水寺を模して造られていますので、ちゃんと清水の舞台もありますよ……小ぶりですが。そもそもあの近辺は、上野公園全体が高台になっていますので、その高台からせり出すように清水観音堂を造ることができたんです」

「へぇ」萌花は思わず感嘆していた。ちょっと見に行ってみたい。以前京都には行ったものの、そのときは時間がなくて清水寺は見に行けなかったのだ。

「さらに京都周辺の環境を模したものというと、不忍池もそうですね」

「不忍池もですか？　……京都周辺にある有名な池って、何かありましたっけ？」

「琵琶湖《びわこ》です」

「……え？」

「琵琶湖ですよ」

桜咲は二回言ってきた。

ただ、何度言われても、萌花はちょっと納得できそうにない。

「まぁ、正直私も、これを琵琶湖として見るのは難しい気もしますが」桜咲は苦笑しながら、「それでも、ここに京都を造ろうとした人がそう言っているんですから、そうなんでしょう」

「それって、寛永寺を開いたっていうお坊さんが、っていうことですか？」

「そうですね。天海です」

天海の名前は、萌花も少し勉強した記憶があった。

「天海って、徳川家康《とくがわいえやす》に重宝されて、家康の死後は日光東照宮《とうしょうぐう》を建てて、家康を神として祀《まつ》った、っていう人でしたよね？」

萌花の記憶の限りでは――日本史の勉強の中では、何か偉業を成し遂げたというよりは、家康とセットで『東照宮建立』を覚えている、という感じの人だった。

「そうですね。歴史上、何かを成し遂げた人というよりは、徳川将軍家の参謀として活躍――あるいは暗躍していた、と言われる話の方が有名かもしれません」

確かに、と萌花も頷いた。

天海は、家康・秀忠《ひでただ》・家光《いえみつ》という三代に亘って重宝されたことから、徳川幕府を裏で意のままに操っていた陰の権力者だった、という話がよく語られているのだ。

あと、何より有名な話といえば……。

「あと、『天海の正体は明智光秀《あけちみつひで》である』という話もありますね。本能寺《ほんのうじ》の変で織田《おだ》信長《のぶなが》を討ち取った明智光秀は、直後の山崎《やまざき》の戦いで豊臣秀吉に討ち取られた……と言われているけど実は生きていたっていう」

「そうですね――」桜咲は楽しそうに笑いながら、「そして、そんな彼を家康が匿《かくま》って、後の大坂の陣で豊臣家を滅ぼして復讐《ふくしゅう》を果たしたと」

「それは、あり得るんでしょうか？」

「どうでしょう。とにかく天海の出生や少年期に関する史料が乏しいですからね。福島の会津高田《あいづたかだ》――現在の会津美里《みさと》に生まれて、その地の寺で出家したようですが、正直なところ、否定するにも肯定するにも、確たる証拠は無いとしか言えないです――」

桜咲は答えをぼかすように言った。無闇に断言をしないでいるのは、彼の定番のセリフでもある「諸説あります」という立場を表しているのだろう。

「史料によれば、天海と家康が初めて会ったのは、一六一〇年の駿府《すんぷ》だったという。家康の死去が一六一六年ですから、六年間の付き合いということになります」

「え？　思ったより、かなり短いですね」

「実は、二人が出会った時期も諸説あるのですが、個人的には、二人はもっと早い段階で――一五六六年ごろに群馬で出会っていたのではないか、と考えています」

「……群馬で？」

「はい。群馬です――」桜咲は頷いて、「今の群馬県太田《おおた》市に、『世良田《せらだ》』という場所があります。世良田は、『松平《まつだいら》』姓だった家康が『徳川』姓に改姓したことに深く関わっているところですね――」

そう説明を受けて、萌花も歴史の知識を思い起こした。

「ここでは、新田義貞《にったよしさだ》の一族である世良田氏が暮らしていたのですが、その世良田氏が治める『得川《とくがわ》』という地名にちなんで、『家康は、世良田氏――新田氏の一族である』と主張することで官位を手に入れた、という話があります」

「それで『源氏』の系譜になったんですよね。清和《せいわ》源氏の系譜として」

桜咲は頷いて、

「これは一五六六年の出来事なんですが、実はちょうどその頃、天海も世良田に居た可能性があるんですよ」

「そうなんですか?」

萌花は思わず聞き返していた。

……もし、このとき天海が世良田に居たとしたら、それって、家康が経歴詐称をしたっていう弱みを握れたことになるんじゃ?

「そのころ天海は、長楽寺《ちょうらく》という寺の住職をしていたのですが、その長楽寺こそ、まさに世良田氏の祖に当たる世良田義季《よしすえ》が開いた寺なんですよ」

「……それじゃあ、もしかして、天海は家康の経歴詐称を知っていた?」

「その可能性も十分にありますね」桜咲は頷いて、「ただ、天海が長楽寺の住職になっていたのは確実なのですが、それがいつなのか、という確証はありません。時期が重なっていなかった可能性も十分にあります」

「……重なっていたら、面白そうですね」

徳川家康を陰で操る宰相が、家康の弱みを握っていたかもしれない……。ちょっと陰謀論めいているけれど、興味深い。

「ちなみに、天海と家康といえば、天海は、上野にも『上野東照宮』を建てているんですよ。もちろんそこでも家康を祀っています」

「え、そんな場所があるんですね」

知らなかった。萌花はさっそく地図で検索をしてみた。すると、不忍池の北側、まるで上野動物園にサンドイッチされているみたいな位置にあった。上野動物園の東園と西園とを繋ぐ通路のすぐ脇だ。

「でもさ、そもそもどうしてその天海さんは、ここに京都を造ったの？」

椎名がもっともな質問をしていた。椎名は続けて、

「京都から来た偉い人たちが、ホームシックにでもなってたとか？」

「それについては、もっと大きい地図を見ると解りやすいですよ――」

桜咲は、先生らしい口調のまま椎名にも話しながら、タブレットを出して地図を表示した。

桜咲がまず検索して表示されていたのは、京都の地図だった。

「比叡山は、ここ、京都の街の北東に位置しています」

「北東って……もしかして？」

萌花は、その方角を聞いて察した。

桜咲は頷きながら、

「北東――つまり『鬼門《きもん》』に位置しているんです。鬼門は、邪気や穢れなどが入り込みやすいとされている、陰陽道に基づく方位です。そして京都では、そんな鬼門に比

叡山延暦寺を配置することで、その力によって邪気を払い、街を守っていると言われています」

その説明を受けて、萌花は上野についても当て嵌《は》めてみた。

上野は、どこから見たら北東の方角に位置しているのか。

「東叡山寛永寺は、江戸城の鬼門に配置することで街を守ろうとしたんですね。京都で実践していた邪気払いを、江戸でも再現しようとした。それが、上野に京都が造られた理由なんですね」

「ええ、そういうことです」

——諸説ありますけれど。

桜咲は律儀に付け加えながら、タブレットの地図を操作して、確認するように上野周辺の地図を表示していた。

上野は、確かに江戸城の北東に位置している。

「ちなみに、実は現在の寛永寺は、元々の寛永寺を縮小して移転させたものなんですよ。元々は、この、東京国立博物館の位置にありました」

桜咲は、上野公園の北端にある東京国立博物館の建物を指さした。

「そして建物の向きは、まっすぐ、江戸城を向いていたんです」

「……江戸城を、見守るために？」

「あるいは、監視するためだったのかもしれれませんね。天海は陰の支配者だったのかもしれないいんですから――」

桜咲は冗談めかしてそう言うと、

「ちなみに天海は、他にも『神田明神《かんだみようじん》』を移転させたりもしています」

「神田明神って、確か、平将門《たいらのまさかど》を祀っている？」

「そうですね。正確に言うと他にも祀っているので、平将門も、となりますが――」

桜咲は律儀に訂正しながら、

「かつては、丸の内にある『将門塚《しようもんづか》』の隣に、神田明神の前身となる神社もあったのですが、ちょうど天海が寛永寺を開山したのと同時期に、神田明神の位置も現在地に移転したそうです」

桜咲の言葉に合わせて、萌花は地図で神田明神を検索した。

「あっ」萌花は思わず声を漏らす。

神田明神は――神田明神も、江戸城の北東に位置していた。

鬼門に位置している。天海は、神田明神が江戸城の鬼門に来るように移転していたことになる。

「これって……」

萌花は思わず、桜咲を見やった。

すると桜咲は不敵に笑んで、こう言った。

「この続きを、コラムに書く予定なんです」

「ええ……」

酷い。ここまで話しておいて、続きは聞かせてもらえないだなんて。

萌花は思わず桜咲を睨み付けていた。

「ただ、正直なところ――」

桜咲は、萌花の睨み付けを気にも留めず――気付くことすらなく――真剣な表情をしながら、

「京都を調べたときには見えていた災害伝承の繋がりが、その京都を模したはずの江戸・上野では、まだ見えていないんですよね……」

ジッと、中空を睨みつけるように固まっていた。


鶯谷駅までは、まだ時間がある。

そこで、桜咲は別の話もしてくれることになった。

「そもそも、この山手線は、その名の通り『山の手』の地域を通る電車として営業が始まりました。この山の手というのは、『下町』との対比で使われる言葉ですが、その文字通り、山の手は高台にあたり、下町は低地にあたります」

この話は萌花も知っている。東京の地形を語るときによく出てくるものだ。

「いま電車で走っているこの辺が、ちょうど武蔵野台地の端っこなんですよね？」

「そうですね。この山手線は、池袋駅を出てすぐに東側に進んで行き、ずっと下り坂になっています。池袋駅では武蔵野台地の上を走っていますが、それが次第に下がっていって、田端《たばた》駅に着く直前には武蔵野台地の下を走るようになっているんです。それを少し意識して、周りの風景を見てみるのも面白いですよ」

桜咲の話すちょうどそのとき、電車は駒込《こまごめ》駅を出発した。次は田端駅だ。

「進行方向に向かって右側の、窓の外を見てください——」

桜咲の言葉に、萌花と椎名が窓の外を見る。ついでに、その声が聞こえていた周りの乗客も、何かあるのかと窓の外を覗《のぞ》いていた。

萌花はちょっと恥ずかしかったけど、当の桜咲は周囲を気にすることなく語り続ける。なるほど、民俗学のことになると周囲が見えなくなってしまうようだ。

「先ほどまで線路と同じ高さにあった周囲の地面が、今は線路よりもかなり高い位置にありますね」

「あっ。本当ですね」

ついさっきまでは、電車から脇にある地面を見下ろしていた感じだったのに、今は周囲の地面がはるか高く、線路から七ｍほどの高さにあった。まるで崖だ。

「あの高台が武蔵野台地で、こちらが下町です。ここから山手線の東側は、ずっと武蔵野台地の東端の崖に接するように、下町を走っていくことになります。駅自体は高架になっている所も多いのですが、地面はだいぶ低い位置にあるんですよ」

「そういえば——」萌花はふと思い出したことがあった。「中学の遠足で上野に行ったとき、西郷隆盛《さいごうたかもり》の像を見に行くのに最寄りの改札口から出たら、何段も階段を登る羽目になりました。あれは、私たちの出た改札口が下町にあって、西郷隆盛の像が武蔵野台地の上にあったからなんですね」

「そうです。まさに『上野』の地名が示すように、台地の上に広がる平野なんです」

——諸説ありますけれど。

桜咲は律儀に注釈を入れながら、

「実際、上野駅の一つ手前は『鶯谷』ですし、北東には『下谷《したや》』や『入谷《いりや》』といった地名・駅名があります。鶯谷駅の近くには『谷中《やなか》』もある。上野の周囲は谷に囲まれているわけです。そういった地名を見るだけでも、ここが台地の端にあることが読み取れますね」

「……確かに、地名を見ているだけで地形が見えてきそうです」

「そうですね。そしてこの地形の差が、災害対策についても差を生じさせています。武蔵野台地は強固な地盤に支えられていますが、下町はそのような地盤はありません。

それどころか、東京駅の辺りなどはかつて完全に海だったわけですから、地震や高波に対する備えや心構えも重要になってきます」

「東京駅のある辺りが海だったっていう話は、聞いたことがあります。江戸城も海に面していたくらいなんでしたっけ」

「『日比谷入江《ひびやいりえ》』と呼ばれる所ですね」

「あ、また『谷』が出てきました」

萌花は思わず楽しくなって、笑っていた。

「ところで、あの辺りには、ちょうどその海に面していた有名な建造物が、もう一つあるんですけど。何だか分かりますか？」

桜咲は、いたずらっぽい口調で聞いてきた。

どこか萌花を試すような態度。ということは、知識量を試すようなマニアックなものだとは思えない。きっとすごく有名で、萌花なら必ず知っているような物なのだけど、盲点になっているような物。

「その建造物は、もちろん江戸時代からあって、今もあるんですよね？」

「もちろんです。江戸時代にもありましたし、良くも悪くも、昔から位置は変わっていません」

その桜咲の言い方が引っ掛かった。『良くも悪くも』という言葉が、ちょっとズレているというか、そもそもこの言葉が無くても意味は通じるはず……。

良い意味で場所が変わっていない、というなら、神社や寺だろうか。神社が建てられた位置は、災害伝承の観点から非常に重要なのだ。

だけど、あの東京駅の近く――オフィスビルが並ぶ丸の内に有名な神社や寺があったかというと、少なくとも萌花の記憶にはまったくない。

逆に、悪い意味で場所が変わっていないというなら……。

それは言い換えれば、場所を変えてしまったら悪いことが起こるということ……。

そんなものが、東京の丸の内に……。

萌花はそこで閃《ひらめ》いた。

さっきも話に出てきた、その建造物は――

「『将門塚』――平将門の首塚ですね？」

「正解です」

将門塚は、平将門の乱によって討ち取られた将門の首が祀られているという塚だ。

ただ、萌花はそこまで将門に詳しいわけではない。それより、萌花が将門に持っているイメージとして強いのは――

「平将門っていうと、日本三大怨霊の一人ですよね――」

日本史上、呪いや祟《たた》りによって甚大な被害をもたらしたとされる存在が、日本三大怨霊と呼ばれている。

崇徳院《すとくいん》、菅原道真《すがわらのみちざね》、そして平将門だ。

それぞれ敵対勢力に敗れ、貶《おとし》められ、そして不当な扱いを受けたままに亡くなった。

そしてその後、その敵対勢力に数々の不幸が訪れることになったため、それが「怨霊の仕業」とされていた。

ただ、この将門塚については少し話が違う。不幸が訪れたのは敵対勢力ではなく、この将門塚を取り壊したり移転したりしようとした者に対してなのだ。

そのことがあったからこそ、将門塚は、今も変わらず丸の内の中心に在り続けているとも言える。

ただ、萌花はこのような話を聞く度に、「死人に口なし」だと思ってしまう。

生前には敵対勢力に貶められて理不尽な扱いを受けていて、そして死後にまで、いわば「加害者としてのレッテル貼り」をされてしまっているようなものだ、と。

怨霊の仕業であるわけがないのに、怨霊のせいだと言われて、悪者にされていく。

生きている間に認めてもらえず、さらに死んでからも罪だけが重ねられていく。

こんな酷い話はない、と萌花は思うのだ。

だから、前に京都に行ったとき、菅原道真の怨霊の正体について、桜咲が災害伝承の観点から解き明かしたときには、胸がスッと軽くなった気がした。

怨霊を祀るということは、防災のために重要な役割を担っているのだと解ったから。だからきっと、平将門の怨霊の正体も、解き明かすことができるんじゃないか。

萌花は、思わずそんな期待をしていた。

「将門塚も、災害伝承の観点から解釈することができるんでしょうか？」

「そうですね——」

桜咲は考えあぐねるようにしつつも、

「当時の将門塚の辺りは、海沿いの湿地帯で、所々に沼もあって酷かったそうです。そしてそこには、背の高い葦《よし》が生い茂っていて、足下を隠してしまっていた。葦は、陸地にも生えますが、基本は水辺——浅瀬や泥の中から生えていることもあります」

「あっ。葦が生い茂っているせいで足下が見えずに、地面があると勘違いした人が溺れてしまう危険があります」

「ええ。そのような場所に将門の塚を立てることで、あるいは、『ここには怨霊を祀っているから、近づくな』という警告の意味があったのかもしれませんね」

「……まるで、将門を人柱にしたみたいに」

「そういう意味では、平将門は、一〇〇〇年以上前から江戸の町を護《まも》っていたのかもしれません。徳川幕府よりも昔から、ずっと」

そんな歴史のロマンを、楽しそうに呟いていた。

4

「『鶯谷』には、地名の由来について面白い説があります——」

鶯谷駅に到着するなり、桜咲は、本当に面白そうに声を弾ませた。

「鶯の鳴き声は『ホーホケキョ』ですが、この鳴き声に含まれる『ホケ』というのが、『歩くと危険』と書く『歩危《ほけ》』から来ている、とする説です。徳島県の『大歩危《おおぼけ》・小歩危《こぼけ》』が有名ですね」

「ええ？　鶯の鳴き声からですか？」

「実際、『ホケ』が付く地名は危険だと、改名されることもありますから。ホケから連想する風光明媚《ふうこうめいび》なものに変えたわけです。現に、鶯谷はこういう地形ですからね」

桜咲が指さす先。鶯谷駅のホームのすぐ隣には、高さ七m近い壁のような崖が続いている。下から見ると、まるで地下にいるかのよう。上から見たら、確かに危険を感じるであろう絶壁だった。

「……面白い」

萌花は思わず、そう呟いていた。

下町側にあるホームから階段を上って、山の手側にある改札口へ向かう。

山の手の台地の上には、ずっと白い塀が続いていた。その奥には、寛永寺の墓所がある。

徳川将軍家の菩提寺として、実際に数名の将軍もここに眠っている。いわば観光地化しているような場所でもある。そもそも、萌花は親しい親戚を亡くしていることもあって、墓地に対して怖いとか嫌悪感のようなものは抱かない。

ただ、墓地を目にすると、萌花はある小説のことを思い出してしまうのだ。

それは、小池真理子《こいけまりこ》の『墓地を見おろす家』というホラー小説。

あのホラー小説の不気味さだけは、どうしても拭い去れないのだ。

……正確には、今は墓地の方が私を見下ろしてるんだけど。

冗談めかして、心の中で苦笑する。

鶯谷駅に着く前から、山の手の高台にいくつもの墓所が広がっていたのは見えていた。地図で確認したら、西日暮里《にしにっぽり》駅から上野駅にかけては、沿線部の山の手側の高台は、七割以上が墓地になっていた。

特に、鶯谷駅前の寛永寺の墓所と、日暮里駅前の谷中霊園は、広大だった。

そういえば、萌花の地元の東久留米でも、高台や坂の上に墓地があることが多い。

元々東久留米は、武蔵野台地を川が削り取っているという地形なので坂は多いけれど、それでも、高校サッカーで有名な東久留米総合高校の近くの坂の上や、天然温泉で有名なスパジアムジャポンの近くの坂の上など、とても見晴らしの良い場所に墓地があるという印象が強かった。

「あの先生。墓地はよく高台にあるように思うんですけど、何か理由があるんでしょうか？」

萌花は改札口を出ながら、桜咲に聞いてみた。

「確かに、この辺りは山の手に墓地が広がっていますし、京都でも山の方に墓地が広がっていますね。化野《あだしの》、鳥辺野《とりべの》、蓮台野《れんだいの》という三大葬送地も、それぞれ高台や山の麓に位置しています」

「それって、少しでも空に——天国に近づけるように、という意識があったんでしょうか？」

「そのような精神的な、宗教的な理由もあったとは思います。たとえば東北地方には、人は亡くなると山に還《かえ》り、そこで『先祖神』となって子孫を見守っている、という信仰があります。一種の山岳信仰とも言えますが、そのような意識が東北特有のものではなく日本全国にあったのではないか、という話もありますね。山は神のいる場所である、故に無闇に立ち入ってはいけない、と」

「なるほど……」

「あるいは逆に、山という場所が、人ではない『異形』の住む場所であるとして、生きた人は立ち入ってはいけない場所――つまり死んだ人だけが立ち入ることのできる場所であるとして、そこに墓所を置いた、という話もあります」

「なるほど……」

山は聖なる場所だから神に近づくため死者を置く、という考え方と、山は穢れた場所だから穢れた死者を置く、という考え方。

まったく方向性の違う考え方を聞いて、萌花はそのどちらにも納得できてしまった。

「死後の世界に通じる道として有名な『黄泉比良坂《よもつひらさか》』も、恐らく多くの人がイメージするのは『地下に続く下り坂』ですが、あれが実は『山に入る上り坂』だとする説もありますからね」

「えっ、そうなんですか？　それは興味深いです」

「その証拠に、と言うにはちょっと強引かもしれませんが――」

桜咲は、心なしか楽しそうに言ってきた。

「古代の墓である古墳は、地下に穴を掘らずに、地上に山を造っていますよね」

「……た、確かに」

もし、死後の世界が地下にあるというのなら――『古事記』や『日本書紀』が書かれた時代にそう考えられていたのなら、そこに登場する天皇や豪族の墓は、通常の地面よりも下にあるべきなのではないか。

だけど、彼らの墓は地上にある。地面に大きな山を盛るように造られている。棺《ひつぎ》の位置は地中ではあるけれど、通常の地面の高さを基準にすれば、地下ではない。

「この話はあくまで推論……というより想像に近いものなので、確証なんて無いですけどね」

桜咲はそう言うけれど、正直、それが正しいとか間違っているとかいう話は、萌花にとっては二の次だった。

面白い。こんな視点で古墳を見たことはなかった。

そういう新しい視点——人とは違う視点から物事を見ることができるのが、楽しくてたまらない。

「高台に墓がある理由について、より科学的な説明をしようとするのなら、別の考え方もできますね——」

と、さらに桜咲が説明を加えた。いったいこの人の頭の中はどうなっているのか。

「かつては、十分な火葬なんてできませんでしたから、基本的には死体の形がそのまま残るような葬送をすることになりました。ただ、その中でも、遺体が消えてなくなる葬送もありました——『鳥葬』や『獣葬』です」

「あっ！」萌花は思わず驚きの声を上げていた。「……京都の、『鳥辺野』！」

桜咲は大きく頷いて、

「鳥辺野は、まさに鳥葬をするような場所だったことが由来となって、その名が付けられました。村の外れの、人が近寄らない、鳥がよく集まるような高台に」

「な、なるほど。確かに、科学的に説明が付きますね……」

魂とか信仰心とか、天国とかも関係ない。

ただ単純に、遺体の処理がしやすいから山に置いた。

里の中に遺体を置くことはできないから、里の外れの山の方へ。動物がたくさんいる場所へと。

それはとても解りやすくて、そして、とても合理的だった。

「さらにもう一つ、科学的な説明をすることが可能です」

「え？　他にもあるんですか？」

「ええ。これは特に、武蔵野台地の上に墓地があるということを踏まえて考えてみると、とても納得できると思いますよ」

桜咲は、萌花に考えることを促すように、言ってきた。

武蔵野台地の上……。萌花の地元の東久留米は、まさに武蔵野台地の上にある。そして、現にその高台には墓地もある。

そもそも東久留米は、武蔵野台地を川の流れが削り取った——刳《く》り取ったような地形をしている。そういった川の周りが谷のようになっていて、いくつも坂があるのだ。その『刳り取った』ような地形こそが、『くるめ』という地名の由来になったとも言われている——諸説あるけれど。

言い換えれば、あれほど深く台地が刳り取られないと、水が出てこないという土地でもあった。井戸を掘るのも大変で、昔は農地も少なかったとか。それが、東久留米に隣接する『田無《たなし》』という地名にもなっている。

そこまで考えて、萌花も気付いた。

「武蔵野台地の上は、水が無いです。だから、普通の生活ができないような場所だったんですね」

「そうですね」桜咲は満足そうに頷いて、「人々は、水が無いと生きていけない。文字通り、高台の上では『生活』できなかったんです」

「だから、そこに死者を集めて、墓地にした……」

実に合理的だ。萌花は感心して、言葉が続かなかった。

「ただ注意が必要なのは、近代以降に造られた墓地には、これらの考えは当てはまらないこともあるということです。科学的にも精神的にも、複合的に判断されることもあるでしょうし、先ほどの話もあくまで一例です。諸説ありますからね」

いつものセリフを聞いて、萌花は思わず頬が緩む。

「ねぇ、ちょっと二人とも——」

ふいに声を掛けられて振り返ると、日傘を差した椎名が、苦しそうな顔をして萌花たちを見ていた。

「二人で死体とかお墓の話をしてたから、涼しくなるかと思ったら、全然怖くないじゃないの！」

「……いえ、これ怪談じゃないんで」

萌花は苦笑しながらツッコミを入れて、桜咲は聞こえよがしに溜息を吐いていた。

5

鶯谷駅から炎天下を歩くこと、一五分。

萌花たちは、今回の目的地である華山家の邸宅を、それと気づかずに一度通り過ぎてしまった。

寺院と見紛《みまが》うような、歴史を感じさせる瓦葺《かわらぶき》の日本家屋。

境内と見紛うような、綺麗に整えられた広い庭。

その豪奢《ごうしゃ》さは、周囲の家とは比較にならないほどだった。だけど、それこそ寺と見間違えて通り過ぎてしまったのだ。

何より、華山邸は墓地に隣接していた。

これではここが一般の家だとは気付きにくい。

「ここが、華山さんちよ」

椎名が気を取り直すように宣言していた。心なしか早足で玄関に向かった椎名は、すぐにインターホンを鳴らす。

「はいはい。少々お待ちくださいねぇ」

中から返事が来て、バタバタと近付いてくる音がして玄関の鍵が開けられた。

「桜咲さんですね。それにみなさんも。こちらまで御足労いただいてありがとうございますねぇ――」

ゆっくり開かれた引き戸の奥、恰幅《かっぷく》の良い和服姿の女性が会釈する。落ち着いた色合いの着物とは対照的に、とても明るく満面の笑みで迎えてくれた――市岡結衣子だ。

六九歳と聞いているけれど、とてもそのようには見えないほど若々しく感じた。

「応接間から見ていましたら、一度うちの前を通り過ぎておられたので、どうしたのかと思っておりました」

結衣子の言葉に、椎名は曖昧に微笑んで誤魔化《ごまか》しながら、

「本日はよろしくお願いいたします。こちらは助手の梅沢、こちらは私の弟で、民俗学者でもある桜咲竜司です」

その紹介に合わせて、萌花たちも挨拶を交わした。

「あぁ、民俗学者の。先生がご満足するような話があるかは判りませんが、どうぞゆっくりしていってくださいませ」

萌花は思わずザシキワラシについて聞こうとしたが、それより先に結衣子が言った。

「さぁ、立ち話も何ですし、どうぞ中へお上がりくださいな。……あいにく、相手の大希はまだ来ておりませんので、少しお待ちいただくことになりますが」

結衣子は、本当に申し訳なさそうに身を縮こまらせていた。

「お気になさらないでください。……もしも可能なら、ご迷惑にならないよう、家の中を見て回ってもよろしいですか？」

「それはもちろん、よろしいですよ――」

結衣子は快諾しながらも、

「もっとも、今日の話し合いによっては、この家は私の物ではなくなってしまうかもしれませんけどねぇ」

そう皮肉を込めたように言って、そして少し寂しそうに笑った。

結衣子の言うように、結衣子と大希との間では、不動産の額だけでなく、不動産を誰が相続するかについても争いが生じてしまっているという話だった。

この点、相続は、基本的には相続人同士の話し合いで内容を決めていく。

もし亡くなった人の遺言《いごん》がある場合は、それに従うのが原則ではあるけれど、相続人の話し合いで遺言に従わないようにすることもできる。もっとも、相続というものは決まったパイを分けていく作業なので、必然的に利益を受ける人と不利益を受ける人とが出てくることになるので、話し合いが決裂することも多い。

遺言が無く、またどうしても当事者同士の話し合いが決裂する場合は、民法が財産分配について定めているので、それに従うことになる。

今回は、結衣子と大希だけが相続人になっているので、もし話し合いが決裂すると、この土地や建物を含めた相続財産を半分ずつ分けることになる。その際、誰が土地と建物を相続するかについては、様々な事情を勘案して決められることになる。

という流れが相続にあることを、ちょうど萌花は勉強しているところだった。萌花は法学部生ではあるけれど、まだ一年生。親族法・相続法と呼ばれるこの分野については、大学ではきちんと習ってはいなかった。

それでも、しっかり不動産鑑定士試験に受かるために、独学を進めている。

華山家の玄関からは、三つの通路が延びていた。

入って正面には、家の奥へと続いている廊下。夏の陽射しが遮られていて、薄暗い。

「この正面の廊下の奥は水場ですね。真正面の扉がお風呂場で、ここからは見えない左隣にお手洗い、右隣はお勝手になっています」

結衣子が説明を加えた。『お勝手』というのは台所のことだ。田舎《いなか》の祖母がそう呼んでいたのを萌花は思い出す。

正面を向いて左側には、縁側が延びている。庭のある側が全面のガラス戸になっていて、陽当たりは良好。そのガラス戸と対面するように、白木の障子戸が並んでいる。縁側の突き当たりにも障子戸があった。障子戸の色の明るさが、年季が入ったように黒ずんでいる床板と対照的で、よく映えている。

「右側と突き当たりには、和室があります。突き当たりにある和室が父の部屋でした。右側の和室は、手前と奥とを襖《ふすま》で仕切れるようになっていて、その手前は和の応接間、奥は客間として使っていました」

結衣子の言葉は過去形だった。それがこの家の主《あるじ》の不在を表しているようで、萌花は少し物悲しく思えた。

一方、正面を向いて右側は、玄関から靴を脱いで直《じか》に応接間に上がれるようになっていた。

純和風な外装とは打って変わって、こちらは洋風の内装だった。重厚なテーブルを囲むように、一人掛けのソファーを奥にして、横長のソファーが二台置かれている。

「晩年の父は、あの一人掛けのソファーが特等席でした。ずっと窓の外を眺めていたんです――」

結衣子が、まるで生前の父親の姿を見ているかのように目を細めた。

「昔は、いつも自室の和室にいたんですけど、タバコで畳を焦がしちゃったり、膝と腰を悪くしちゃったりしたので、ここで椅子を使うようになったんですけどね――」

父親との思い出を振り返りながら、結衣子は笑う。

「タバコを吸って、庭を眺めて……。毎日ゆっくり過ごしていて、でも飽きないみたいなんですよね。ここの庭には、よく子供たちが入ってきてたんですけど、父はど。最初は、周りにあるお寺の境内と勘違いして来ちゃうみたいなんですけど、父は笑って『遊ぶなら広い方がいいだろう。この家はお寺さんみたいなもんだから気にすんな』って、自由に遊ばせていました」

結衣子の語る思い出話だけでも、耕造の人となりが偲《しの》ばれる。

何より、結衣子が常に穏やかに微笑みながら語ることが、二人の仲の良さを表しているようだった。

萌花たちは、正面の廊下を奥まで進んでいった。風呂場の扉に突き当たった所で左に曲がっていて、そこからさらに奥へと続いている。

その奥へと続く廊下の左側には、縁側からも見えていた二つの和室へ入る襖。そして反対の右側にも二つの襖があった。奥には板戸がある。

部屋の数が、民家というより旅館のように思えてしまう。それとも萌花に馴染《なじ》みがないだけで、和風の民家ではこのくらいが普通なのだろうか。

「突き当たりは納戸です。表側にある父の部屋からも繋がっているので、ほとんど父の物置になっていました。そして、この右側にある部屋は、奥座敷ですね。一つは和室。もう一つは、元は和室だったんですけど板張りにリフォームして、私が使っています。私のこの身体だと、やっぱり椅子の方が楽なので、ついね」

結衣子は自虐的に、だけど明るく笑った。

「あの、ここは築何年ほどなんでしょうか？」

萌花が聞くと、結衣子は考え込むようにして、

「実は私も、詳しいことは知らないんですよ。ただ、大黒柱や梁《はり》は一五〇年くらい経《た》っていると聞いたことはありますね」

「一五〇年！」

その年数を聞いて、萌花は思い浮かんだことがあった。

「……ということは、関東大震災にも耐えたということですか？」

「そう聞いています。祖父がよく自慢げに話しながら、大黒柱を叩いていたのを覚えています。私たちもみんなで真似して、ペチペチ叩いたりもしていましたっけ」

そう言って微笑む結衣子。

萌花もその光景を想像して、思わず頰が緩んだ。

すると桜咲が頷きながら、

「上野は、武蔵野台地の強固な地盤で支えられていますからね。台東区の下町が火事や倒壊で大きな被害を受ける中、高台の上にある上野公園は地割れも崩壊も延焼もせず、五〇万人もの避難者が集まっていたと言われています」

と補足するように歴史の事実を語った。

「さすが、大学の先生ですねぇ――」

結衣子は感嘆したように溜息交じりで、

「それじゃあ私も、この家に住み続けられたら安心できますねぇ」

その言葉は、単純に安心したものなのか、それとも、仮定の話を願望として話したものなのか、萌花には判らなかった。

一五〇年以上の歴史ある日本家屋――それは、一五〇年以上倒壊することなくここに建ち続けているということ。

震災に遭っても無事でいられた、そんな幸運の家……。

「……ザシキワラシが居る家」

誰にともなく、萌花は呟いていた。

陽の当たらない廊下のさらに奥、太陽の照る昼間だというのに仄暗《ほのぐら》い空間は、人とは違うモノが潜んでいるような雰囲気すらある。

それに、一五〇年という歴史の積み重ねと、奥座敷という言葉。本当にザシキワラシが居るような雰囲気を感じていた。

「そうですね。ここは、ザシキワラシの居る家です——」

結衣子は嬉しそうに声を弾ませながら、

「あなたは、ザシキワラシって本当に居ると思いますか？」

まるで子供みたいな質問をしてきた。

萌花は思わず桜咲に視線を送りそうになったけれど、ここは正直に自分の答えを言おうと思った。

「ザシキワラシが居るかどうかは解りませんが、少なくとも、結衣子さんがザシキワラシと呼びたくなるような出来事はあったのだと思います」

「そんな回りくどい言い方をしなくても、本当に居たんですよ、ザシキワラシは——」

結衣子は、どこかいたずらっぽい笑みを浮かべながら、

「父も見たことがあるそうですし、私も見たことがあるんです。というか、一緒に遊んだこともあったんですよ……子供の頃の話ですけどね」

ということは、約八〇年前と、約六〇年前、といったところか。

萌花はすぐに計算していた。そして同時に、その当時、歴史的に何が起こっていた

のかを思い出そうとする。その次の瞬間、

「ほら、今も外から、ザシキワラシたちの声が聞こえてきますよ」

「えっ？」

結衣子に突然そんなことを言われて、萌花は思わず思考を止めて耳をそばだてた。

確かに、楽しそうにはしゃぐ子供の声が聞こえてきて……

「……って、これは外で遊んでる子供たちの声じゃないですか」

「あらあら、バレてしまいましたね」

「………………」

萌花は言葉に詰まって、思わず恨みがましい視線を送ってしまった。

それでも結衣子は気付かないのか、それとも気に留めていないのか、相変わらず楽しそうに話した。

「この家は、先ほどもお話ししたように、お寺の境内だと思って入ってきた子供たちがよく遊んでいるんですよ。昔からずっと、私が子供の頃から……そして、父が子供の頃も――」

結衣子は昔を懐かしむように、細めた目で中空を見つめる。

「それで、この家も部屋が多くて広いでしょう？　いつの間にか家の中にも見知らぬ子供たちが上がりこんでいて、だけどそれを不思議に思うこともなく、もちろん嫌がることもなく、私も一緒に遊んだりしていましたねぇ」

「……それが、この家に居るザシキワラシの正体なんですか？」

「そうですね」

結衣子はずっと楽しそうに――

「私にとっては、あの子たちと遊んだことが本当に楽しくて、幸せでしたから。今はもう全国に散らばっていってしまいましたけど、あの子たちがこの家に居たときは、幸せでしたねぇ」

本当に楽しそうに、そんなことを言うのだった。

萌花は、胸の中がモヤモヤしていた。

萌花にとっては、この結論は不満でしかない。せっかく民俗学的・歴史学的な話が聞けるかと思ったら、まさかのオチ。「幽霊の正体見たり枯れ尾花」とは言うけれど、こんなに簡単に種明かしをされてしまったら、情緒も何も無い。

ただ一方で、言われてみれば、この家で遊ぶ子供たちは本当にザシキワラシのような存在になっていたのかもしれない、とも思えた。

この家で、子供が自由に遊んでいられるのは、それを許せるほどの余裕があるからこそ。

逆に、この家で子供たちが自由に遊べなくなったなら、それはこの家から余裕が消えてしまったときなのだろう、と。

結衣子は、それをザシキワラシとして象徴的に話したのではないか、と。

「そうだみなさん、麦茶をお出ししましょうねぇ。家に誘っておきながら、いらして早々お休みもさせずに連れ回してしまって申し訳ないです」

結衣子はそう言いながら、先導するように応接間へ向かう。

萌花は釈然としないまま、みんなの後を追うように歩いていった。

外ではしゃぐ子供たちの笑い声が、家の中にこだまする。

6

萌花たちが応接間に入ると、それと同時に、庭に一人の男が入ってきていた。

「……大希くん」

結衣子が、苦々しげに呟いていた。

……あの人が、華山大希さんか。

第一印象は、正直、良くなかった。

日傘をさし、真夏なのにスーツを着ているのは、良くも悪くも目を引く姿だった。

汗なのかワックスなのか判らないくらいに髪の毛が濡《ぬ》れて光っていて、それが却《かえ》って清潔感を失わせているように感じた。

何より、その表情の険しさが、あまりに近寄りがたい雰囲気を纏っていた。

「人の土地に勝手に入るな！」

開口一番、怒声が辺りに響いた。

見れば、子供たちが隣の寺から庭に入ってきていて、その場で固まってしまっていた。見るからに怯《おび》えてしまっている。年齢も様々な子供たち。上は中学生くらいだろうか。その男子が小さい子たちを庇《かば》うように、背中に隠していた。

「人の土地に勝手に入るのは犯罪だ。警察を呼ぶぞ」

大希は、なおも子供たちに言い寄ろうとしていた。

「やめなさい、大希くん！」

結衣子が応接間の窓を開け、一喝する。

そして表情を柔和なものに変えてから子供たちに向き直ると、

「ごめんなさいね。今日はお客様が来ているから、うちでは遊べないのよ。またお客様がいないときに、遊びにいらっしゃいね」

そう言って、子供たちが逃げるように寺の方へ行くのを、笑顔で見送っていた。

柔らかな口調ながら、それまでの萌花たちに対する態度とは打って変わって、結衣子の大希に対する態度は痛烈だった。

むしろ、たったこれだけの会話を見ただけで、この二人の間には埋めようのない亀裂があるのだと痛感させられた。

「客呼ばわりとはいい気なもんだな、結衣子伯母《おば》さん。もうこの土地が自分の物になった気でいるのかよ」

「あら。私はただ、子供たちに複雑な人間関係を説明しても大変だから、簡単に説明するために嘘《うそ》を言ってしまっただけよ。気に障ったのならごめんなさいね。それほどお客さんっていう言葉が気になったのね？」

「……ふん」大希は聞こえよがしに鼻を鳴らすと、「ただいま」と言いながら華山邸に上がってきた。あからさまに、ここが自分の家であるかのようにふるまいながら。

応接間に入ってきてからも、大希は互いの自己紹介も挨拶も適当に流し、荷物を乱暴に脇に起きながら、横長ソファーを独り占めするように座った。

そこはいわゆる上座だった。

この流れで、萌花たちは三人で並んで大希に向かい合うように横長ソファーに座り、必然的に、結衣子は一人掛けのソファーに座ることになった。それはかつて、この家の主だった耕造が使っていたソファー。

結果的に、大希が座ったのは、お客様をもてなすための席だった。

大希は三五歳だと聞いていたけれど、萌花には、およそそんな年齢には思えない。

萌花の正直な感想を言うと――

……これで、桜咲先生よりも年上なの？

ちなみに椎名は年齢非公表で、萌花も教えてもらえていないので判らないけれど、それでも大希と同年代であることには違いない。そう考えると、大希の行動はあまりに幼く感じた。

……こんな人が、椎名さんの鑑定に介入しようとしてるんだ。……これは厄介そう。

そんな萌花の不安をよそに、大希は前置きもなく本題に入った。

「この不動産を、できるだけ安く相続したい。まぁ、俺と伯母さんのどっちが相続するかはまた時間をかけて話し合うとして、まずは価格だ。不動産鑑定士だったら、安く相続できる方法を知っているはずだろ？」

「そうですね。確かに私は、この土地の価値が安くなる要因をいくつか知っています」

「だったら……」

「ですが、私の依頼主は、結衣子さんです。基本的には、彼女の意思に従うように職務を全うすることになります」

「結衣子伯母さんにとっても、この不動産が安くなるのは得だろ。相続財産が安くなって相続税も安くなる。だったら、誰が言おうがやることは一緒ってことだ」

「なるほど」

椎名は短く相槌《あいづち》を打った。

「だったら、この不動産が安くなる方法を話し合おうじゃないか。俺は、この不動産が安くなりそうな原因を見つけてきているからな。そこはしっかりと交渉させてもらうぞ。俺も伯母さんも得をするようにさ」

「……それがお望みなら、良いですよ」

椎名は、淡々とした口調でそう言った。

事務的な……という表現すら相応《ふさわ》しくないほどに、冷徹さすら感じる。

さすがにその雰囲気を察したのか、大希は一つ深呼吸を挟んでから、話を始めた。

「不動産には、『心理的瑕疵《かし》』っていう概念があるんだ。一番解りやすい例で言うと、住んでいた奴が自殺したとか、殺人があったとか。その中の一つに、『墓地』が見えたり、見えなくても近所にあるっていう要素がある。まさにこの家みたいにな――」

大希はそう言いながら、応接間の窓の方を指さした。

萌花も窓の外を見てみる。広い庭の向こう側には、寺の敷地が繋がっていた。確かに、萌花の座っている位置からも墓が見えている。

「墓地には死体が埋まっている。そんな場所が窓から見えるなんて、気味が悪くて仕方ないだろ」

さも常識を語るように、大希は言った。

だが、それは奇しくも、いつもこの応接間から庭を見ていた耕造の気持ちを、完全に無視してしまっているようなものだった。

耕造は、この窓から見える光景を、楽しんで見ていたというのだから。

「なるほど――」椎名は淡々とした口調のまま、「確かに、墓地が隣接していたり、視界に入るような位置にある不動産は、心理的瑕疵がある物件として安くなる――」

「だろ？　だったら……」

「――という場合もあります」

「……は？」

椎名が意味深に溜《た》めを作って話したせいで、大希は踊らされたような格好になって、声を裏返らせていた。

「一般には、墓地が見える場所にある不動産は、嫌悪感や不安感を与えるものとして、通常より減額の評価をすることがあります。ですが、それは絶対ではありません。例外もあります」

「じゃあ、この家が例外だって言うのかよ」

「その通りです――」

椎名は、これ見よがしに大きく頷いて、

「この上野にある墓地は、江戸時代から続く寺院のものであったり、著名人が多く埋

葬されているものであったりするため、墓地でありながら文化的な価値を有している
――さらには観光地化されているものである、と言えるわけです」

「墓地が、観光地？」

怪訝《けげん》そうに言い捨てる大希に対して、割り込むように桜咲が言った。

「たとえば、日光東照宮は徳川家康の墓地ですし、エジプトのピラミッドも通説はファラオの墓だと解釈していますね」

「は？　いや、そんなのは暴論じゃ……」

大希の反論を無視するように――いっそ耳に入っていないように、桜咲の饒舌《じょうぜつ》な説明が続いた。

「この家のすぐ近くにある寛永寺の霊園も、数名の徳川将軍を埋葬した霊廟《れいびょう》がありま す。四代家綱《いえつな》、五代綱吉《つなよし》、八代吉宗《よしむね》、一〇代家治《いえはる》、一一代家斉《いえなり》、そして一三代家定《いえさだ》の六名ですね。彼らの遺体は火葬ではなく土葬されていて、しかも、その遺体は公家座《くげ》りという姿勢をとりながら、まっすぐ江戸城の方角を向いているんですよ」

「へぇ」――萌花は思わず声を漏らしていた。

寛永寺の本堂が江戸城の方を向いていた、という話は先ほど聞いたけれど、まさか、寛永寺に埋葬された将軍の遺体までもが江戸城の方を向いているなんて。

萌花は、背筋がゾクッとして震えた、と同時に、顔や頭はカッと熱くなってきた。

「ちょ、ちょっと待て」大希が苛立《いらだ》たしげに割り込んだ。「だからって、墓地であることには違いないだろ。墓地が見えている家なんて気持ち悪くて、住みたいなんて思わない……」

「それはあなたの感想ですね――」

椎名が淡々と、説明を加える。

「心理的瑕疵の問題は、あなた個人がどう思っているかではなく、世間がどう考えているか――そしてそれが金銭的にどのように評価されるかの問題です。もちろん墓地に対して嫌悪感を持つ人は居るでしょう。ですが、それは全員ではありません。世間がこれを単なる墓地ではなく文化的な価値のある物だと認識したならば、心理的瑕疵は否定されるでしょう。ちなみに、この応接間から見えているあの墓石は、まさに歴史上の有名な人物の墓なんですよ。命日には歴史ファンの人たちがたくさん墓参りするほどです――」

椎名はそう言うけれど、歴史が苦手な椎名のことだから、きっと誰なのかは解っていないのだろう。

「また、たとえばこの土地を、住宅ではなく駐車場として活用しようとすると、やはり心理的瑕疵を考慮する必要性は失われます。土地を手に入れるときには心理的瑕疵を主張して、実際の土地利用は心理的瑕疵とは関係ないことをする、という話になるならば、当然ながら、その瑕疵を認めることはできないでしょうね」

椎名の説明を聞いて、萌花は心の中で「なるほど」と呟きながら頷いていた。

土地建物を入手するときには「気持ち悪くて住めない。だから安くしろ」と主張しておきながら、実際に使うときになったら建物を壊して「住まない」と言うのなら、それは騙《だま》して安く買ったようなものだ。

実際に大希がどのような活用をするのかは、萌花は知らない。だけど、言葉に窮している彼の姿を見る限り、椎名の例え話と似たことを考えていたのだろう。

「な、なら、他にも減額事由はあるぞ――」

大希は別の主張を繰り出してきた。

「鶯谷には、ラブホテルがたくさん並んでいる。ああいう嫌悪感を抱かせるような施設が近くにあるのも、たしか『環境的瑕疵』って呼ばれているはずだ」

「なるほど――」椎名は、やはり淡々とした口調のまま、「確かに、いわゆるラブホテルや風俗店などがある歓楽街に近いことは、治安や風紀の悪化をもたらすことになるので、環境的瑕疵があるとして不動産の価格が安くなる――」

「……っていう場合もあるってことかよ」

「その通りです」

「ふざけやがって」

大希は苛立たしげに呟くと、大きく溜息を吐いていた。

「確かに直線距離では、この家から歓楽街まで一〇〇mも無いですね。ですが、鶯谷の歓楽街は、駅の北口側――いわゆる下町にあります。一方、この家があるのは南口の山の手――崖の上です。その間には、高さ七mもの崖のような段差と、JR線の線路が何本も通っています。そこを越えるための橋が架かっているとはいえ、この土地建物からは少し距離があります。そのため、治安悪化や風紀の乱れなどの影響はほぼ無いでしょう――と言っても、東京都心の平均的な治安の悪さは否定できませんが」

椎名の説明に、大希は喉を詰まらせたように唸《うな》っていた。

椎名の淡々とした説明が、大希の反論を潰していく。

声には感情を出していないけれど、そこには明らかに、椎名の怒りを感じられた。

それはそうだろう。

大希は、「不動産を安く手に入れたい」と言って、「不動産の悪い所」を列挙している。とにかく「この土地は安いんだ」と言いたいばかりに、この土地がいかに不便で、酷い土地であるかを語ってきた。

耕造と共にこの家で暮らしてきて、今も独りで暮らしている結衣子に面と向かって、そんなことを言い続けているのだ。

すると、ふいに大希の批判の矛先が変わった。

「そもそも、伯母さんには貯金も何も無いじゃないか。それでこの家を相続したって、相続税を払えないまま手放すことになるんだろ？」

その言葉に、萌花は思わず結衣子に視線を送った。

確かに、これほどの不動産を相続するとなると、それだけでも相続税は高いだろう。まして、華山家の相続財産はこれだけではないようなのだから、税金もその分高くなることになる。

これに対して、結衣子は、何も言わなかった。

「いい加減にしてください——」

ふいに、椎名の重く低い声が響いた。

「あなたは、この土地のことを、この家のことを、何も解っていません」

「……なんだと？　そっちこそ、親族でもないのにずかずか入り込んできやがって」

「確かに。私は親族ではありませんね——」

椎名は皮肉に笑みを浮かべながら、

「ですが、不動産に関してはプロです。……あなたこそ、不動産の素人《しろうと》が、不動産に口を挟まないでほしいですね」

「……貴様」

大希が椎名に詰め寄ろうとする。だが割って入るように桜咲が立ち上がっていた。

その間に、椎名が話を進める。

「大希さん、あなたは、大きな勘違いをしています」

「勘違い、だって？」

「この土地は、家は、簡単に売れるものではありません。もし仮に安く相続できたとしても、他人に売るのは大変苦労されるでしょう。結衣子さんは、それを知った上で、この土地を相続するんですよ。……あなたは、それを知らないんですか？」

「……どういうことだよ？」

大希の反応に、椎名は聞こえよがしに溜息を吐いて、

「この土地は、『埋蔵文化財包蔵地』です」

「……埋蔵、文化、なんだって？」

「『埋蔵文化財包蔵地』です――」

椎名は律儀に繰り返して、

「この土地の地下には、『上野忍岡遺跡群《うえのしのぶがおか》』が埋まっているんですよ」

「……何だって？」

再度聞き返してきた大希に、代わって桜咲が説明をした。

「上野忍岡遺跡群――旧石器時代の遺跡が、この辺りの地下に埋没しているんですよ。そんな昔から、この土地で暮らしていた人が居たということです。そして、その証《あかし》が、

この地下に存在している。それが、『埋蔵文化財包蔵地』です」

「文化財？　この地下に？」

「そうですよ――」椎名がこれ見よがしに大きく頷く。「もし、この土地で開発や建設をしようとするなら、少なくとも、埋蔵物の調査を終えてからでないと土地に手を加えることができません。また、もし万が一、ここで歴史的な発見があろうものなら、現場を保存する必要も出てきます」

「……はぁ？　そんな土地なら、買い手が付くわけないじゃないか」

「付かないでしょうね――」

椎名は事も無げに頷いて、

「本来であれば、このような土地は、非常に安くせざるを得ません」

「……そ、それって」

「あなたの望み通り、この土地は安く相続できるということです」

椎名は、皮肉に笑みを浮かべた。

「…………」

大希は、無言のまま中空を見つめていた。

すると、さらに椎名が話を続けた。

「また、本件土地建物には、亡くなった耕造さんと結衣子さんが生前から同居をしていましたね。この場合、同居をしていた親族が土地建物を相続すると、不動産の評価額を八〇％ほどに減額するという特例があります。『特定居住用宅地等の特例』です」

「……え？」

「さらに、この土地の形状は綺麗な長方形や正方形ではないので、そこでも評価額は減額されます。住んでいる人にとっては些細《ささい》なことでも、買い手としては評価が下がってしまうこともあるのです」

「………」

「加えて、ここはいわゆる山の手地域――武蔵野台地の端にあるため、すぐ下をＪＲ線が複数通っています。この騒音が家にも届いておりますので、これも減額事由に当たります」

　淡々と、次々と、減額事由を指摘していく椎名。

「それらの事由をすべて勘案した上で、私は、依頼者である結衣子さんが相続した際の、本件不動産の評価額を鑑定いたします。……さて。大希さんからは、何か質問はございますか？　せっかくですから答えてあげても良いですけど」

「……無いよ」

　大希は、絞り出すようにそう呟いて、

「……要らない。いくら安くても、こんな不動産は使いようがないじゃないか」

「そうですか――」

椎名は事務的に、冷徹に。

「不動産のことは、今後とも、不動産鑑定士にお任せください」

そう微笑んでみせた。


大希は静かに華山家を去っていった。

結衣子は応接間の窓際に立って、それを見送っている。

大希が庭を抜けると、それを待っていたかのように、子供たちが顔を見せてきた。

すると、結衣子は窓を開けながら、

「お待たせしちゃったわねぇ。もう遊んで大丈夫よ」

その声に子供たちは破顔して、ふたたび賑やかに遊び始めた。

「あの、椎名さん。あれほど減額したっていうことは、この家とか土地って凄く安いんですか？」

「うん？　あれはあくまで『安くなる』っていう相対的な話よ。元がめちゃくちゃ高ければ、世間一般的には高いまま」

「……それって」

「億は超えてる。だから相続税も、結衣子さんが払う分だけで八〇〇万円とか、他の相続財産の額によっては、一〇〇〇万円ずつとか払うことになるんじゃないかしら」

「……い、一〇〇〇万」

萌花は繰り返すように呟いて、思わず乾いた笑いが漏れた。

と同時に、先ほど大希が言っていたことが気になった。

萌花は、結衣子には聞こえないよう声を潜めて、

「あの、大希さんが言っていたこと……相続しても現金が無いとか、そういうのはどうなるんでしょう？」

「それは、不動産鑑定士の仕事の範囲外になっちゃうわね」

「あ、そうですよね……」

とは言ったものの、萌花には納得できない。

この家は、この家を大事にしている人たちが使っていった方がいいのに。

「大丈夫だと思いますよ——」

そう言ったのは、桜咲。

「なにせ、この家にはザシキワラシが居るんですから。彼らがきっと幸福をもたらしてくれます。だから大丈夫です」

桜咲が微笑みながらそう言うと、その声で結衣子がこちらの話に気付いたようで、

「そうですね。大丈夫ですよ」と微笑んでみせた。

まるで、この二人だけが真相を知っているかのような。

「先生、この家のザシキワラシが何なのか、解ったんですか？」

萌花は身を乗り出すように聞いた。

桜咲は、そんな萌花の態度にも慣れたもので、楽しそうに説明を始める。

「この家でザシキワラシが目撃されたのは、耕造さんが子供の頃と、結衣子さんが子供の頃だった、と言っていましたよね」

「あ、はい。……つまり、約八〇年前と、約六〇年前っていうことですね」

「約八〇年前——一九四〇年代の上野では、何がありましたか？」

それは、ここに来るまでの電車の中でも話していたこと。

「戦災がありました。そしてこの上野には、戦災の避難所が設けられていた」

桜咲は頷いて、

「では、約六〇年前……。これについては私も想像でしかないのですが、やはり、大きな災害が関係していたのだと思っています。その災害は、昭和三四年——一九五九年の、伊勢湾《いせ》台風ではないかと」

「伊勢湾台風……名前は聞いたことあります」

「死者・行方不明者は五〇九八名。日本の近現代史で最悪の惨事となった台風ですね。……そして、それは同時に、大勢の災害孤児で溢《あふ》れる事態となってしまった」

「実は、伊勢湾台風の前年にも、大きな災害があったんですよ――」

結衣子が、桜咲を訂正するように語る。

「狩野《かの》川台風と呼ばれるものです」

正直、萌花はその名前を聞いたことが無かった。

すると桜咲は「ああ、なるほど」と呟いて、

「狩野川台風は、災害伝承にとって非常に重要な台風でもあります。台風の災害として、初めて地名を付けて命名された台風でもあるんです。……後に、これより先の台風にも遡《さかのぼ》って地名を付けたことはありましたが、時系列としては、この狩野川台風が先に名付けられました」

「お詳しいのですね」

「それが専門ですから――」

桜咲は微笑みながら、

「そして、それを伝えていくのが、仕事ですから」

「ああ、ありがとうございます――」

結衣子はそうお礼を言うと、

「狩野川台風のことは、私も良く覚えています。忘れもしません――」

熱のこもった声で、結衣子は語る。

「あの台風は、伊豆の狩野川で猛威を振るったのですが、その雨雲の影響は東京にも及んでいたのです」

「下町の被害は、とても大きかったそうですね。東京だけでも死者が二〇〇人を超えたほど」

「ええ。それでも、この上野の高台は無事でした。……私は、この高台まで登ってこられたのです――」

結衣子の言葉に、萌花は息が詰まった。その言葉の意味することを察して。

「特に、この上野にはお寺も多いでしょう。そのお寺が、地方の同じ宗派のお寺と協力して、被災した檀家さんを手助けしたり、それこそ、孤児になってしまった子供たちをどこかで引き取ってもらえないかと、懸命に動いていたんです」

結衣子の話に桜咲も頷いて、

「実際に、大きな災害があると各地の寺院が孤児支援をした、という話も多いです。寺院の多い上野も、昔からそのような相互扶助の考えが広まっていたのでしょう」

「……それじゃあ、耕造さんや結衣子さんが見た『ザシキワラシ』というのは」

萌花の言葉に、結衣子はゆっくりと頷いて、

「父が見たのは、太平洋戦争の戦争孤児――」

――約八〇年前。一九四〇年代のこと。

「そして、私が見たのは——そして弟の広大が見たのは、狩野川台風や伊勢湾台風の孤児たちです」

——約六〇年前。一九五〇年代後半のこと。

そのとき結衣子は、六、七歳だったことになる。

「もしかして、耕造さんが、庭で遊ぶ子供たちを怒らなかったのも？」

「この家は、昔からお寺と隣り合わせで、お寺と協力をしてきましたからね。お寺が孤児を引き取るのなら、うちもできる限りのことはしよう、一緒に協力しようって。そうやって、ザシキワラシを集めてきては、ザシキワラシが去っていく。ここは、そういう家だったのですよ」

「……寺に併設する、孤児院として使われていたんですね」

萌花の言葉に、結衣子は穏やかに微笑みながら、頷いた。

寺だけでなく、この家も、孤児たちを引き取って育てていた。そして孤児たちは、やがて、みんな養子縁組などをして出ていったということだった。

すると、結衣子はどこかいたずらっぽく笑って、

「これは、過去の話ではないですよ。だって私、言いましたでしょう？　今も、ザシキワラシの声が聞こえるって」

「……あ」

それは、表で遊ぶ子供たちの声。

てっきり冗談を言って誤魔化されたかと思っていたけれど……。

彼らは、本当に、この家にとってのザシキワラシだったのだ。

「結衣子さんは、今も、災害孤児を支援し続けていらっしゃるんですね」

その質問に、結衣子は穏やかに微笑みながら頷いた。

「伝説では、ザシキワラシが居なくなると、その家は滅んでしまうと言われていますでしょう？　でも、逆に言えば、ザシキワラシが居る限り、家は繁盛し続ける。今でも、全国に広がった子たちが、この家を守ろうとしてくれているんです。いざというときのために、毎年少しずつ、税金が掛からない範囲で、お金を集め続けてくれているんですよ。そのお陰で、この相続税も無理なく払えることでしょう」

「ああ、そうなんですね」

萌花は思わず安堵の溜息が漏れた。

というか、萌花が思っている以上に、結衣子はしたたかなようだった。

「この家は大丈夫です――」

結衣子は、自信に溢れたように笑う。

「ザシキワラシは、ちゃんとこの家に居ます。ちゃんと戻ってきました。そして、これからもずっと、この家で暮らし続けますから」

結衣子は、ゆっくりと、一人掛けのソファーに腰を落とした。

かつての主が座っていた場所。

そして、これからの主も座る場所。

その場所から、この家の主は、庭を見守り続けるのだろう。

元気に遊びまわる子供たちを、ずっと。


後日。

さくらさく不動産鑑定に、一通の手紙が届けられた。

差出人は、華山結衣子。

そこには、無事に上野の邸宅を相続したことと、相続税を払いきったこと、そして、これを機に、『復氏届』を提出して姓を元に戻したことなどが記されていた。

華山邸の土地建物は、先日の話し合いにあった通り、大希が想定していた額より相当安く、かつ商業的な活用が全く見込めない土地だったことから、もはや結衣子が土地と建物の双方を相続することに異論は出されなかった。相続財産には現金や預貯金もあったので、大希はそれで納得したようだった。

また、華山家の児童福祉活動の今後については、二度と個人的な相続問題などで脅かされないよう、社会福祉法人化する方向で検討を進めているらしい。

『父の個人資産のままで相続を迎えてしまったことが、そもそもの間違いでした。子供たちのことを考えれば、いつ誰が死んでも支援が継続できる体制を整えるべきだったのです』と。

一人でも多くの幸せな子供を、この華山の家から別の家へと向かわせたい。そうすることで、一つでも多くの家に幸せが訪れますように。

まさにザシキワラシのような夢を語って、結衣子の手紙は締められていた。

「不動産の評価って、難しいわね――」

椎名がふと、呟いていた。

「土地も、家も、金額だけで評価できないことが多すぎるのよ。そこには、人それぞれの人生が凝縮されてるようなものなんだから」

その表情は、笑っているようにも、悔しがっているようにも見えた。

「でも、だからこそ、やりがいがあるんだと思います――」

萌花は思わず、語気を強めて言っていた。

「経済的なこととか法律上のこととか、災害のこととか歴史のこととか、思い出とか将来の夢とか、その家や土地に関するいろんなものを考慮しないと、ちゃんとした評価なんてできないですから」

つい早口になってまくし立てる萌花。

椎名は、フッと息を抜くように笑って、

「そうね。こんな仕事は、不動産鑑定士でなければできないもの。やりがいがあるし、それに楽しいわよね」

「特に、この事務所は特殊ですからね」

さくらさく不動産鑑定の事務室には、今日も萌花と椎名の賑やかな声が響いていた。

ここでしか解決できないような問題が、今日も舞い込んでくる。

第三講義

人を呪わば

1

日光への出発を間近に控えた夜。

萌花は、さくらさく不動産鑑定の応接スペースにいた。

事務所の営業時間が終わり、アルバイトの事務仕事も終えて――厳密にはまだ規定の時間内だけど――事前の情報整理をするのだ。

大学での仕事を終えた桜咲も顔を見せ、机を囲みながら話を始める。

「さて、今日みんなに集まってもらったのは、他でもないわ――」

椎名が、ドラマとかでありそうなセリフを吐きながら、萌花たちを見回した。

「日光で起きた、『丑の刻参り』を悪用した水葉ちゃんイジメ事件について、私たちも水葉ちゃんの力になりたい。そのための作戦会議よ」

セリフ選びは少し芝居じみているけれど、椎名の表情は真剣だった。

「自分も、見て見ぬふりをするつもりはない――」

桜咲も真剣な表情で、

「今回のような民俗学的な行為の悪用を放置してしまえば、本来の伝承を搔《か》き消すことにもなりかねない。民俗学に限らず、悪用や誤用が『検索汚染』を引き起こしてしまうと、正しい情報へのアクセスがしにくくなってしまうという問題もある」

「そうですよね――」

　萌花も頷いて、

「私は、日光まで行っても何ができるのか判りませんけど、頑張ります」

「そもそも今回の日光行きは、萌花ちゃんの決断あってこそじゃない。お陰で穂波も凄く喜んでたのよ」

「え、そうなんですか？」

「そうよ。自分たちからお願いするようなことができなかったから、萌花ちゃんのお陰で日光に来てくれる流れになって、どれだけ気が楽になれたかって、連絡を取る度にそればっかり聞かされるわ」

　椎名は呆れたように、だけどどこか嬉しそうに言った。

「私は、ちょっと口だけのお節介を焼いただけで……。本当に凄いのは、それを実行に移せる椎名さんと先生だと思います」

「まぁ、本人がそう謙遜《けんそん》したいのも解るけど」椎名は苦笑しながら、「でも、日光に着いたときは覚悟しておきなさいね。多分、あのテンションだと穂波、泣きながら抱きついてくるわよ」

「そ、そんなにですか……」

嬉しいような、身に余るというか。

「それに、穂波だけじゃなくて水葉ちゃんも、『萌花お姉ちゃんが来てくれるから嬉しい』って言ってるみたいよ。水葉ちゃんにとっても、萌花ちゃんが一生懸命になってたっていうのを感じてるみたい」

「そ、そうなんですか？　なんか嬉しいですね」

「そりゃ嬉しいでしょうよ――」

椎名は笑いながら、

「どうせ私のことは、『おばさん』とか言われるだけでしょうし……」

「あ……」

萌花は何か声を掛けようとしたけれど、何も思い付かなかった。

「……子供のころは、友達の母親のことを普通に『おばさん』って呼んでたっけなぁ。……もはや呼ばれる側かぁ」

ふと椎名は立ち上がって、「ビール取ってくる」と言い残して隣の冷蔵庫がある部屋に消えていった。なぜ職場にビールがあるのかは、触れない。

「では、今のうちに話を進めましょう――」

桜咲は無慈悲に話を続けた。

「今回は、表向きは『災害伝承に関する研究の下見をする』ということで、許可を取るべき所には既に話をしてあります――」

現に丑の刻参りは行われていた。その事実を利用して、民俗学上の調査と称して、捜査をカムフラージュしようということだった。

穂波たちから詳しく話を聞いたところ、現場となった神社は『稲荷《いなり》』を祀っているものらしい。土地は旧来の地主の一族が共有しているが、管理は町内会が執り行っているとのことだった。

今回、桜咲は、小学校の校長であり町内会の役員でもある川平武蔵校長を介して、小学校と神社の両方での調査を認めてもらっていた。

「あくまで本調査ではなく下見ということで、プライベート旅行も兼ねているのであまり広めないように、とも伝えてありますので、少なくとも大事になることはないでしょう」

「実を言うと――」

缶ビールを脇に抱えて、椎名が戻ってきた。

両手には、律儀に萌花と桜咲の缶コーヒーも持ってきてくれていた。萌花と桜咲は揃って会釈をしながら受け取る。

「今回の件、敢《あ》えて大きな騒ぎにしてしまって犯人を精神的に追い詰める、みたいなことも考えてたのよ。だけど、相手が誰なのか、何が目的なのかも判らない状況で騒ぐのは、不測の事態を招きかねない。水葉ちゃんは、呪いをかけられたわけじゃなく、呪いをかけた犯人として仕立て上げられたんだから。現状では、丑の刻参りで呪いをかけた真犯人も、呪いをかけられた真の被害者も、判らない状況なのよね」

「その件に関しては、民俗学者としてできる範囲を超えている。もはや民俗学の知識が関係している場面ではない。丑の刻参りを実際に『呪い』のために使っている者がいる以上、丑の刻参りの民俗学的な意味を考察したところで、意味はない」

「むしろ、警察とかに頼みたいところなんだけどねぇ……」

椎名が苦々しく呟いた。

「事件性が無い、だから警察は動けない……ということですよね」

萌花は後を継ぐように言った。

「一応、今回の件も穂波が相談に行っていて、現場付近の見回りは強化してもらってるらしいんだけどね――」

椎名はしかつめらしい表情のまま、缶ビールをゆっくり揺らして、

「そもそも、丑の刻参りで呪いをかけていたからって、じゃあ『何罪』になるのかって言われると、めちゃくちゃ難しいのよねぇ」

「それは、確かに――」

萌花は改めて考えてみた。刑法はまだあまり勉強していないから詳しくないけれど、

それでも、『呪う』という行為だけでは犯罪にはならないということは知っている。

「人を呪い殺そうとして藁人形に釘を打っても、人が死ぬことはありえない……殺人罪の『不能犯』っていうやつですよね」

「そうね。逆に言えば、殺人罪以外の犯罪については成立する可能性がある、っていうことでもあるわね――」

椎名が、法律問題に関して説明をする。椎名のそういう姿を見ると、萌花はいつも「こういうところが姉弟なんだよなぁ」と思う。弟の桜咲准教授にそっくりだ。

「たとえば、一般に丑の刻参りで呪いをかけようとした人は、藁人形を木に括《くく》り付けて、釘を打ち込んでいる。それがたとえば、神社の木を傷つけていたら……」

「あっ。器物損壊罪に該当します」

「さらに、神社みたいな不特定多数の人が出入りできる施設でも、本来の目的とは異なる、呪いをかけるためという不当な動機で敷地内に入っていたら……」

「それは不法侵入――建造物侵入罪ですね」

萌花の回答に椎名は頷いて、

「実際に、戦争を始めた某国のトップを呪うために神社で丑の刻参りをした男が、建造物侵入罪で逮捕されたっていう事例もあるし」

「あ、実例もあるんですね」

「結構最近の話よ。時事ネタもチェックしておいた方がいいわよ？」

「うっ。すみません……」

萌花はバツが悪くなって、縮こまった。

椎名は苦笑しながら、「話を戻すけど——」と切り替えて、

「そんな風に、該当する犯罪はあるにはあるのよ。だけど、やってることは神社の木に釘を打ったとか、丑の刻参りをするために神社の敷地に入ったとか、そういう話でしかない。……言葉を選ばないで言えば、『イタズラ』でしかないってわけ」

「それじゃあ、よっぽど悪質とか執拗《しつよう》とか、よっぽど派手にやられたようなものじゃないと、警察は動かない——動けないっていうことなんですね」

「しかも今回は、さっきも言ったけど、水葉ちゃんが呪われたんじゃなくて、逆に、水葉ちゃんが呪ったという嘘の噂が広まっちゃった、っていう話でもあるからね」

「ということは……この場合は、名誉棄損罪が検討されるんでしょうか？」

「そうなるでしょうね。とはいえ、その噂は子供同士で言い合ってるようなことだから、そこに警察が介入して刑法を適用させようなんてことにはならない」

「………」

萌花は思わず無言になっていた。やるせない。理不尽だ。

「だからって、私たちも黙って見ているなんてことはできないわけよ——」椎名は缶

ビールをあおって、「正直、私たちに何ができるかは判らないけど、やれるだけのことはやってみせるわ」

そう宣言する椎名は、突き刺すように鋭い視線で中空を睨んでいた。まだ見ぬ真犯人を狙うかのように。

せめて、誰が丑の刻参りをやっていたのか、その真犯人を暴くことができれば、水葉に対する酷い噂も消えてなくなるはず。

それを目指して、自分も少しでも力になりたい。萌花は改めてそう思った。

「椎名さんにとって、穂波さんはとても大切な人なんですね」

萌花は、思わず頬を緩めながら言っていた。

「そうね。高校からの付き合いではあったけど、誰よりも濃密な時間を過ごしてきたって感じなのよね――」

昔を懐かしむように、穏やかに微笑む椎名。

「ちょうど成績も同じくらいだったから、お互い妙に意識しててね。ただ、穂波は当時から愛嬌《あいきょう》があって可愛い感じで、私はなぜか格好いいって言われることが多くて対照的だったわね」

「今のまま、っていう感じだったんですか？」

「そうね。高校時代も今のままって感じだったわ――」

椎名は楽しそうに笑って、

「……若さはまったく違うけどね」

そう自嘲していた。

萌花も、桜咲も、何も言えなくなっていた。

すると椎名は、「……ビール取ってくる」と呟きながら、また隣の部屋へと向かった。

「……昔から、穂波は要領も良かったのよねぇ。愛嬌があって要領も良くて、そりゃモテるわよねぇ」

しばらく椎名は戻ってこなかった。

「ところで、梅沢さん」

「え？　はい？」

「せっかく姉さんが居なくなりましたので、民俗学的な話もしておきましょうか」

「あ、はい是非！」

萌花は思わず声を弾ませていた。

「相変わらず楽しそうね」

隣の部屋から、声だけが聞こえた。

「あっ。す、すみません。別に今回のことを軽視しているわけじゃ……」

「大丈夫、解ってるわよ。そういうつもりじゃなくてね」椎名は笑いを含めた声で、

「今の水葉ちゃんや穂波には、少しでも笑顔をみせてあげたいじゃない。楽しいことを楽しめるって、凄く大事なことだと思うから。こっちも辛い顔をして会ったりしたら、それこそ気が滅入《めい》っちゃうし、向こうにも気を遣わせちゃうでしょう。だから、萌花ちゃんがいつも通りの――相変わらずの感じでいるのがありがたいのよ」

「そうなんですね――」

余計な気を遣わせてしまったかな、と萌花は思いながらも、ここは敢えて深読みなんてしないことにした。

いい意味で空気を読まずに、明るくいこうと思う。

「解りました。ありがとうございます」

萌花がそう返すと、桜咲が囁くように言ってきた。

「姉さんは、思い出話をしたせいで、若くない自分に傷付いたというわけではないんですよ。むしろ、昔の楽しい思い出に浸っているうちに、今の辛そうな新田さんが重なってしまって、それが苦しいんです。姉さんはそういう人ですから」

「なるほど、だからこそ、水葉ちゃんや穂波さんに親身になって、そして笑顔を届けたいんですね」

「そういうことです」

二人でひそひそ話していると、椎名がゆっくりと戻ってきた。手には缶ビール。

完全に酔う気だ。もう事前に話しておくべきことはないということなのか、それとも苦しい気持ちを誤魔化すためのヤケ酒なのか。萌花には判らない。

ふと桜咲を見ると、自身の口元に人差し指を立てていた。今の話は内緒だということらしい。萌花は小さく頷きを返した。

この姉弟は、顔を合わせたら皮肉で相手を打ちのめそうとするかのように言い合うのに、裏で萌花に対しては素直な評価を言ってくる。しかも、お互いをよく見ていないと判らないようなことまでも話してくる。それがたまに惚気《のろけ》みたいに聞こえることすらある。自分の姉は――弟は――こんなに凄いんだぞとでも言いたげに、ちょっと誇らしげに見えるのだ。

面白い関係だ。それとも、兄弟姉妹の関係はこういうものなのだろうか。一人っ子の萌花には解らない。

そんなことを思いながら、今は大好きな民俗学談義を楽しむことに集中する。


「では改めて――」

桜咲は、空気と声の調子を切り替えるように空咳をして、

「丑の刻参りは、そもそも呪いをかけるためのものではなく、願いを成就するために行われていたと言われています。藁人形に釘を刺すという行為も、身体の悪い所に潜

む邪気を刺して追い払う、という病魔退散の儀式で使われていたことがあるようです。もちろんすべてがというわけではないですが、そのような使い方もされていた、という事実は無視できません」

願いが、呪いに……。

まるで真逆の効果をもたらすようになってしまったのか。

「そんな丑の刻参りの呪いを最小限の要件で説明すると、以下のようになるかと思います――」

①丑の刻（特に、丑三《うしみ》つ時《どき》――午前二時から午前二時半ころ）
②藁人形　呪いたい相手の写真を貼ったり、髪の毛や私物を中に入れたりする
③五寸釘を打ちつける
④鉄輪《かなわ》を頭に被り、ろうそくを立てる。鉄輪とは、囲炉裏《いろり》の火の上にやかんや鍋を置くための、三本脚の器具。それを逆さに被って、脚の部分にろうそくを刺す。
⑤人に見られてはならない（※見られてしまっても、殺せば問題ない）

桜咲は、これら五つの要件を説明して、

「この他に、他人に見つからないまま七日間続けるとか、服は白装束を着るとか、逆に赤い衣を着るとか、顔には白粉《おしろい》を塗るとか、いろいろ細かい要件もありますが、話を聞いた人が『これは丑の刻参りだ』と認識するための必須要件としては、先に挙げ

きそうだった。


た五つの要件なのかなと思います」

　確かに、たとえば単に『呪いの藁人形』の話であれば②と③の要件だけでも成立しそうだけど、『丑の刻参り』の話には①の時刻や④の見た目についての要件は必要だと思うし、「人に見られてはならない」という⑤の要件も、儀式として重要になってきそうだった。

「丑の刻参りの要件・手順は、実は江戸時代でも定まっておらず、当時の絵画の資料でも描写がバラバラだったりします。むしろ、昭和のオカルトブームのときに全国的に『怖い話』として広まったことで、共通認識が固まったという要素もあります」

「ということは、作り話としての要素が強いんでしょうか」

「それについては一律ではなく、各伝承を個別に検討していくことが重要です——」

　桜咲は、常に慎重な態度を崩さない。

「丑の刻参りとして有名な所は、京都の貴船《きふね》神社です」

「そうなの？」椎名は驚いた様子で、「京都に行ったときは、そんな話はしてなかったじゃないの」

「それは別に、する必要もなかったからな」

「確かに、私には呪いたい相手なんていないし、もし呪うほど人を憎むようになってたら、直接乗り込んで何かすると思うわ——」

実に椎名らしい。

もっとも、そういう意味で桜咲は「必要ない」と言ったわけではないだろうけど。

「そもそもさ、誰かを呪って貶めるような暇があったら、その時間を使って自分を少しでも向上させた方が有意義でしょ。いくら他人を引きずり下ろしたって、傍から見たら自分自身が向上しているわけじゃない。むしろ傍観者から見たら、単に他人を馬鹿にして引きずり下ろそうとしているだけの人間ってことで、却って評価を落とすことにもなるわ」

確かに椎名の言う通り、一対一では自分が優位に立てるかもしれないけど、それを傍から見られていたら、他人をひたすら貶めようとしているだけでしかない。

そんな人は、嫌われてしまうし、それこそ見下されてしまうだろう。

「そういえば――」萌花はふと思い出したことがあった。「学部の基礎講義の中で、論文試験の書き方を教えてくれた先生がいたんですけど、そこでも今の椎名さんと似たようなことを言われました。論文試験で自説の論拠になる主張は、三種類あるっていう話なんですけど――」
①『自説の良いところを主張すること』
②『自説への批判に反論すること』
③『他説を批判すること』

「――この①を主張できれば、それだけで自説の論拠になるので、及第点。その上で、②みたいに他説からの批判を否定できれば、補強もされて追加点。だけど、③は単に他説の悪いところを指摘しているだけで、自説については何も言ってない。いくらたくさん③を主張し続けても、自説についてまったく論じていないので、及第点も与えられない、って」

「なるほど」と桜咲は深く頷いて、「その③の話と、呪いの概念は、確かに同じことになりますね。特に、相手を批判するという行為は、あたかも自分の方が優秀であるかのような錯覚に陥りやすいんです。相手を強い言葉で批判すればするほど、自分が強い、自分が正しいと勘違いする。……それは実に、呪いとの親和性が高い」

するると椎名も、首が折れそうなくらいに強く頷いて、

「そういうの、嫉妬とか愛憎とかの話で見たことあるわよ。ライバルに傷を負わせたり恥をかかせたりして脱落させるの。それで自分は意中の人と結ばれる……なんてわけがない。他人を引きずり下ろした醜さが露見して、結局すべてを失うって話――」

椎名は不愉快そうに缶ビールを飲んで、

「そもそも、自分より上にいるライバルを強引に引きずり下ろしたって、自分がその下にいるままなら何も手に入らないに決まってるじゃないの。ちゃんと自分が上に行かないと何の意味もないのよ」

見ず知らずの人に説教でもするみたいに言っていた。

椎名の話は、ある意味、丑の刻参りの本質を言っているような気がした。『呪い』という一種の他力本願で、他人を引きずり下ろそうとする……。

その姿は、実に醜く、鬼のよう……。

そう考えると、萌花はふと、別の視点で呪いのことが見えた気がした。

「なんだか、『呪われた側』よりも『呪った側』の方が、ダメージが大きいように感じます。『あいつはみんなに呪われている』って言われるよりも、『あいつは呪いで他人を引きずり下ろそうとするような奴だ』なんて言われる方が、辛いです。少なくとも、そんな風に言われている空間には居たくないです」

椎名は頷きながら、

「それは現代のネット社会でも見られるけどね。被害者ぶって同情を集めたり、加害者のレッテル貼りをして他人を貶めたり……。あれこそ現代の『呪い』でしょ」

そんな椎名の言葉に、萌花もパッといくつかの例が浮かんできた。この一瞬でいくつも例が浮かんできたことに、軽く嫌悪感を覚えるほどに。

萌花は気が滅入らないよう、小さく頭を振って、今は深く考えないようにした。

「それは、現代に限らず、昔から変わらないことなんでしょうね——」

桜咲が説明を加えた。

「平安時代の貴族でも、『呪った側』が制裁を受けた例はいくつもあります」

「そういえば、平安時代ってドロドロしてますよね。安倍晴明が活躍したのも、まさに呪い呪われるような権力闘争の中ですし、『源氏物語』でも生霊《いきりょう》とか呪詛とかが出てきて、光源氏の交際相手が呪い殺された、なんていう話が出てきますし」

萌花が古文で習った記憶を呼び起こしながら言うと、椎名は困惑したように、

「『源氏物語』ってそういう話なの？　あれって、イケメン男子が顔と地位にものを言わせて、自分の母親にそっくりな女児を、自分好みの女性に育てるために誘拐監禁した話じゃなかったっけ？　そのくせ、いざその子が大人の女性になったら興味をなくして、他の女性と不倫したっていう」

「紫《むらさき》の上《うえ》のことか。……だいたい合ってる」

……確かに、だいたい合ってる。身も蓋もないし、情緒なんて微塵《みじん》もない。あるのは強烈な犯罪臭だけ。

「高校のときに、古文の先生がそう教えてくれたのを覚えてるのよ」

「へぇ。姉さんが一五年以上前のことを覚えているなんて、実に印象的で効果的な教え方だったんだな」

「ちょっと竜司、いい加減にしなさいよ。さすがに私も高校時代がそんな昔の話ってわけが……。あぁ、一五年前だったたわ」

椎名がショックを受けていた。

萌花は困惑しながら桜咲を見やる。その視界の隅に、何やら黒髪で顔を隠した女の姿が見えていた。

「……恨めしい。若さが恨めしい」

まるで呪詛のような椎名の声。

「姉さん。他人を呪ったところで、自分自身は何も手に入れられない。その労力は自分磨きのために使うべきだ」

「解ってるわよ！　まったく！」

椎名は桜咲に嚙《か》み付かんばかりに叫んでから、「ビール取ってくる」と言って事務所の冷蔵庫に向かった。今晩だけでいくつ空けるのだろう。

「さて、話を呪いに戻しますと――」

桜咲は何事もなかったように話を進める。

萌花も慣れてきたもので、スッと話に集中した。

「今のように、他人を敢えて怒らせるように仕向けることも、一種の『呪い』と言えるでしょう。『こう指摘されて怒るということは、図星のようだな』などと評価をすることで、あたかも自白のように仕立て上げてしまうこともできます」

「……酷い詭弁ですね」

「そうですね。ですが、少なくとも当時の陰陽師は、今で言う心理学の要素を経験や知識などで把握していて、貴族間のアンガーマネジメントをしていたでしょう。怒りと、呪詛。それが平安貴族のドロドロにも関係しているのではないかと」

「なるほど。そんな風に見たことはありませんでした」

「特に、平安貴族というものは、限りある稀少《きしょう》な地位を、限りある稀少な血統の人々が争う椅子取りゲームになっていましたからね。必然的に、『他人を蹴落とす』ことが『自分が席を得る』ということになってしまっていたわけです」

「……言われてみると、確かに」

「自分の娘を天皇に嫁がせるため、娘に勉強や習い事をさせるのは、先ほどの論文試験の話で言う①ですが、そうそうできることではない。なので、誰もが簡単にできる③ばかりが流行ってしまう。ライバルが呪詛をかけていたとか、中にはその天皇を呪い殺そうとしていたという話もあるほどですね」

「なんかもう、滅茶苦茶ですね」

「だからこそ、この丑の刻参りという呪いも生まれたのかもしれません。『出世したい』という向上心ですら『相手を潰したい』という呪いになってしまうような、歪んだ環境のせいで」

「元は、願いを叶えるためのものだった……それが呪いになってしまった……」

願いと呪いが、一致してしまうような環境のせいで。

「韓国の受験戦争の話を思い出しました。高校生が大学受験のために必死になって、周りの大人も緊急車両を使ってまでしてサポートして……。そこまでして、大学受験で運命が決まってしまうんだとか」

「韓国に限らず、厳しい受験で勝ち残ったり、就活で内定を勝ち取るのも、一歩間違えれば呪いが生まれてしまうような土壌はあるでしょうね。……ただ、大学受験も就職活動も、基本は『一定水準以上の優秀な人は、枠を超えても採る』ということになっているはずですので、結局は自分を高めていないと意味が無いんですが」

「結局、椎名さんの言うように、『他人を蹴落とすことに躍起になるくらいなら、自分を伸ばせ』っていうことになるんですね」

「実に姉さんらしい言葉ですね」

「名言ですよ――」

萌花と桜咲が二人で笑っていると、椎名が戻ってきた。また缶ビールかと思ったら、おつまみと缶酎《ちゅう》ハイになっていた。

「そういえば先生、この丑の刻参りも、災害伝承の観点から解釈できるんですか？」

「もちろんできますよ。というか、京都の貴船神社は、まさに災害伝承として説明ができます」

自分で聞いておいて、萌花は驚いてしまった。

「こじつけじゃなくて？」と椎名も半信半疑だった。

「きちんと合理的な説明だ。ただ、物証どころか傍証になるようなものも乏しいため、一般向けの書籍のネタにはいいけど、論文にするのは現段階では厳しいだろう」

そう前置きをしてから、桜咲は語り始めた。

「貴船神社を舞台とした丑の刻参りは、『平家物語《へいけものがたり》』の『橋姫《はしひめ》』伝説や、それを基にした能の演目『鉄輪』に描かれた、女の復讐の話として伝えられています――」

その内容を要約すると――

恋愛の嫉妬と復讐に燃える女が、貴船神社に七日間籠り、この呪いを成就させるために自ら鬼になることを望んだ。

すると、貴船大明神《きふねだいみょうじん》から「宇治川《うじ》に二一日間浸れば鬼になれる」と言われたので、実際にそうしたところ本当に鬼になることができた。

だが、やがて彼女は、宇治川にかかる橋の上で人々を無差別に殺すようになったため、源氏の武将により討ち取られた。

そして、その際に斬り落とされた腕は、安倍晴明が封印した。

「貴船神社が祀っているのは、水の神です。水の神だからこそ、濁らないようにという意味を込めて、地名と同じ『キブネ』ではなく『キフネ』と呼ばれています。そして実際に、京都の町の重要な水源にもなっていますね」

「つまり、貴船神社で呪いをかけるということは、京都の貴重な水源を穢すことになる――ひいては京都全体を穢すことにもなる、ということですか」

「それもあると思います。それ以外に、貴船神社は、京都の町の中心部から鬼門に当たる、ということも重要でしょうね。北東というのは、言い換えれば『丑』と『寅《とら》』の方角に当たります」

「丑の方角……。貴船神社の丑の刻参りは、時間だけじゃなくて方角も『丑』が関係しているっていうことですか」

「そういうことです。『丑』にちなんだ場所と時間――それは言い換えると、『丑三つ時の鬼門』となる。そんな場所と時間で、鬼になるための呪いの儀式をしているわけです」

「でも、さっきの話だと、そのことを貴船神社の神であるはずの貴船大明神が、率先して促してますよね？　『宇治川に浸れば鬼になれるよ』なんて教えて……。これじゃあ、水の神が自分から穢れようとしていることになっちゃいませんか？」

「まさに、そこに災害伝承としての視点が必要になるんですよ」

「……どういうことですか？」

「貴船神社には、摂社として、『ヒメタタライスズヒメ』という神が祀られているんですけど――」

「え？　……たたら？」

萌花が耳に引っかかった音を繰り返すと、桜咲は軽く微笑んだだけで話を進めた。

「元は『ホトタタライスズヒメ』という名でした。『ホト』は『女性器』を意味していて、それを嫌って名前を変えたと言われています。『ホト』は、漢字で書くと『火の戸』あるいは『火の床《とこ》』――これらは文字通り、製鉄炉の流出口を意味していると解されます。たたら場で砂鉄が纏められて鉄となって流れ出ている様を、出産等と同視しているわけですね」

「……製鉄の、神」

萌花は、桜咲の説明を噛みしめるように繰り返して、

「それって、日本の創世神話で、イザナミノミコトが火の神であるカグツチを出産したことが原因で死亡した、という話にも似てますね」

それを聞いた桜咲は楽しそうに頷いて、

「それを災害伝承の観点から解釈すれば、製鉄のための火の床が壊れたという製鉄作業中の事故があった、あるいは、製鉄民の反乱によって社会が混乱していた、ということを象徴しているのだと思います――」

「製鉄民の反乱……」

そこには、必然的に『征圧』もセットになっているのだろう。

「そのように、この神が製鉄に関する現実の事件を象徴していると考えると、改名後の『ヒメタタライスズヒメ』も、意味は変わっていないはずです。つまり、ここに言う『ヒメ』というのは、『火の女』あるいは『火の巫女《みこ》』――」

「あっ！」萌花は思わず声を上げた。「……『卑弥呼《ひみこ》』は、『火の巫女』だった？」

「そういう説もありますね――」

桜咲は笑顔で頷いて、

「製鉄民の象徴とされる『土蜘蛛』の名前にも、『ヒメ』が付けられていることが多いんです。それは、女性の王が多い社会だったと解する説もありますが、それにしては女王が多すぎる。一方、『ヒメ』という名前が製鉄民を表しているものだと考えると、土蜘蛛の名前に『ヒメ』が多いのは当然となるわけです」

「……もしかして『橋姫』も？　それに五寸釘とか鉄輪とか、金属に関わるものを使うっていう話もすべて、製鉄に関わっていたからですか？」

桜咲は頷いて、

「京都の貴船に祀られている、水の神と製鉄の神。それはまさに、川の砂鉄を利用したたたら製鉄を表していると考えられる。呪いによって水の神が穢れるという話も、たたら製鉄の作業――砂鉄の採掘や木炭の作製に際して、水が汚れたことを意味している、と考えることができるというわけです」

「それが、丑の刻参りとして伝わる、災害伝承なんですね」

「丑の刻参りの元になった話は、製鉄技術の伝承や、製鉄民の反乱・征圧の歴史を記したものであって、人を呪うための儀式ではなかった――」

桜咲はそう断言すると、

「諸説ありますけれど」

と、いつものセリフを付け加えていた。

やはり、歴史民俗学の話は楽しい。萌花は心からそう思う。

今度の日光旅行も、心から民俗学談義を楽しめるような結末になってほしい、と。

2

「『美女木《びじょぎ》』という地名の由来には、諸説あります――」

八月一六日。午前九時。椎名の運転する車が萌花と桜咲を乗せ、東京外環道をゆっくりと進んでいきながら、ようやくといった感じで荒川を越えた。

目的地は、日光だ。

新田穂波と約束をした通り、日光市内に住む穂波たちを訪ねて、例の『丑の刻参り』について調査をする。

桜咲たちの予定調整によって、幸か不幸か、お盆休みのピークを避けることができた。とはいえ、オンシーズンの夏休みであることには違いない。車の走る速度は遅いわけではないけれど、車間距離が詰まっている光景が続いていて、助手席にいる萌花も圧迫感を感じていた。

そんなとき、萌花の目に入ってきた『美女木』の文字。「変わった地名ですね」と話を振ったことで、桜咲による即席の特別講義が始まったのだった。

もちろん萌花は、それを期待して話を振ったのだけど。

青看板に出てきた『美女木ジャンクション』の案内。これを見たとき、萌花は正直に言うと『美女木』が読めなかった。もちろん漢字単独ではどれも読めるのだけど、これらが並んでいると意味が分からなくなってしまう。むしろ、故事とかに絡めて特殊な読ませ方でもするんじゃないかと思ったのだ。けれど、ローマ字表記を見たらそのまま『びじょぎ』と読むらしい。

「たとえば、この『びじょぎ』という音は擬音語・擬態語としての意味があり、『ビジョビジョ』に濡れてしまう湿地帯や沼地を意味している、という説や、この漢字にある通り、美女がたくさん来たことがあったから『美《び》女来《じょき》』と呼ばれていた、という説もありますね」

「美女が来たからって、それを地名にしたの？」

椎名が呆れたように笑っていた。

萌花も思わず苦笑する。さすがにそれはないだろう、と。

そして、災害伝承を学ぶ身として、最初の説について話をすることにした。

「美女木はすぐ近くに荒川が流れていますし、文字通りに荒い川が氾濫して、ビジョビジョになっていた、ということなんですね」

桜咲は頷きながらも、「ちょっと細かい訂正をしますと――」と先生らしい態度で説明を加えた。

「荒川は、江戸時代に河川改修が行われ、流路が大きく変更されました。なので、江戸時代より前は、ここを流れていた川は荒川ではないんです」

「あっ。そういえば、元《もと》荒川とかありますね。……それがどの辺りかは知らないんですけど」

萌花は言いながら、スマホで地図を開いてみる。

「そもそも荒川は、埼玉県西端の奥秩父《おくちちぶ》を水源にして、そこから地図に放物線を描くように埼玉県のほぼ中央を通って、東京湾に流れ込んでいます。今の荒川は、江戸時代の工事によって、放物線が途中でフォークボールの軌道のように急に南下して、さいたま市の西側にある川越《かわごえ》で入間川《いるま》と合流しています――」

　つまり、昔ここを流れていた川は、荒川ではなく入間川だったのだ。

「一方、旧来の流れである元荒川は、綺麗な放物線を描いたまま、さいたま市の東端に位置する岩槻《いわつき》区の辺りを流れていきます。そして、大型ショッピングモールのある越谷《こしがや》レイクタウンで、中川《なかがわ》という川に合流して、東京湾に流れていきます」

　桜咲の説明を受けながら、萌花は地図で元荒川の流れを辿《たど》っていき、越谷レイクタウンに当たった。

　街の名が表す通り、『大相模調節池《おおさがみちょうせつち》』という大きな池――というより湖――があり、そのすぐ隣に巨大なショッピングモールと住宅街が広がっていた。

　そして、そのすぐ北では、確かに川が合流している。

「レイクタウンで、川が合流……。なんだか、この辺もビジョビジョしてそうですね」

「実際、そうなんですよ。この辺りは元荒川だけでなく古利根《ふるとね》川なども合流していますし。というか、かつての荒川はかつての利根川に合流していたりもしたので、元から洪水被害が多かった地域ではありました」

　桜咲の説明を聞きながら地図を見ている萌花は、次々に川の名前が出てきて、しかもその川の流れが今と昔では変わっていたりして、混乱しそうだった。

　ただ、それは言い換えれば、それほどまでの大工事をしないとこの地域では安全に暮らしていけなかった、ということも表しているのだろう。

「元荒川に、古利根川……。荒川も利根川も、暴れ川として有名ですよね。それが越谷に集まっているなんて」

利根川の流路が、江戸時代初期の大規模工事で東に向けて切り替えられたのは、有名な話だ。元々東京湾に流れ込んでいた利根川の流れを東向きに切り替える大工事をして、鬼怒《きぬ》川などと合流させながら、今の千葉県と茨城県との県境を引くみたいに、太平洋に流れ込むようにした。

それは、大きな川の河口だらけだった江戸の町の洪水被害を減らすため、そしてそれと同時に、東北から攻められたときに自然の堀として活用するためと言われている。

「だからこそ現在は、洪水対策を万全にするべく、調整池を造った上でしっかり嵩上《かさあ》げもして住宅開発をしたんです。それこそが、一五年前に造られたレイクタウンなんですよ――」

何を隠そう、と桜咲は語気を強めて、

「実際、ほんの数年前に関東が台風の大雨に襲われたときも、レイクタウンは浸水被害を免れたほどなんですから」

と嬉しそうに語った。

「そんな風に、かつては危険で暮らしにくかった地域も、現代の技術を駆使すれば、安全で住みやすい町になるんですね」

「ええ、その通りですよ」

桜咲は満足そうに大きく頷いていた。

「越谷レイクタウンは、私の所にも相談が来るし、仕事仲間の間でもよく話題に上がるわよ――」

椎名も会話に入ってきた。

「私の所に来るのは、さっきの萌花ちゃんみたいに、『レイクタウンっていう名前で、調節池が近くにあるけど、防災上大丈夫なの？』っていう相談ね。やっぱりみんな水害が気になるのよ――」

「ですよね、解ります」

「――とは言いながらも、それはきっと建前で」

「……え？」

「実際は、今の値段が本当に適正なのか、水害リスクがあるなら少しでも安くなるはずだ、値切りたいっていう思惑をひしひしと感じるんだけどね」

「……なるほど」

椎名は、一般の不動産鑑定士よりも、災害リスクについて詳しく検討している。実弟の桜咲准教授に協力してもらいながら――もとい協力させながら――地名の解釈や災害伝承などを勘案しているのだ。

そのことが、いわば値切り交渉のネタとして利用されてしまうのだろう。

「でも、残念ながらと言うべきか、越谷レイクタウンは安くない。埼玉の中だけじゃなくて全国的に見ても、着々と地価が上がってる地域なのよね。竜司が言ったように災害対策はしっかりしてるし、台風の大雨に耐えたっていう実績もある」

――もちろん慢心はダメだけど。

と、椎名は律儀に補足した。こういうところは、まさに姉弟だと思う。

椎名は続けて、

「特に、幼い子供のいる親子連れが注目してるわね。東にある千葉の流山《ながれ》と比較して、どっちが住みやすいか、子育てしやすいか、将来性があるか、なんて話もよく聞くわ」

椎名らしい、不動産鑑定士ならではの視点だった。

萌花は話を聞きながら、スマホの地図をスライドさせて流山も見てみた。

「地図を見ても解るように、流山も越谷レイクタウンも、いずれも大きな川沿いにある町でもありますね――」

そう桜咲に指摘されて、地図を見ていた萌花も「確かに」と気付いた。流山の近くにも、大きな川――江戸《えど》川が流れている。

「実は埼玉県は、河川が増水したときの『浸水想定区域』内に住む人口の増加数が、全国一位なんですよ」

浸水想定区域——文字通り、大雨や洪水が起きたときに浸水する危険が高い地域のことだ。

そんな地域の人口が増加している——新しく引っ越してきた人が多い……。

「洪水の危険がある場所なのに、大勢の人がそこを選んでいるっていうことですか?」

「そうです」桜咲は神妙な面持ちで頷きながら、「たとえば、以前NHKでも報道された問題として、埼玉県の幸手《さって》市の例を話そうと思います——」

萌花は、さっそく地図で幸手市を調べた。そこはちょうど千葉県との県境——大きな河川で区切られた境界に位置していた。

「幸手市は、江戸川と中川が流れていて、さらに利根川も近いです。そのせいもあって、そもそも浸水想定区域が広く、住民に危機管理を促している所でもあります。そしてここでは、市全体の人口は減少傾向なのに、浸水想定区域内の人口は増加している、という状態にもなっているのです」

「どうして、そんなことに?」

萌花の疑問に、椎名が答えた。

「そりゃもう、土地が安いのよ——」

実に単純明快だった。

「そういう土地は、元々は田んぼだった所が多いんだけど、農業をやってた方が亡くなって、相続で田んぼを手放すことになる。で、土地を買った業者は田んぼをそのままにしても儲《もう》からないから、そこを住宅地に変えていく。けど、そこは元々田んぼだったから水路が引かれていたり、そもそも住むための安全基準なんてものが決められていなかったりするわけよ」

「それって、水害のリスクが凄く高いじゃないですか。そんな危険な場所でも売れるんですか」

「そりゃもう、安いからね――」

　椎名の答えは、やはり単純明快だった。

「私たち不動産鑑定士は、当然だけど『浸水想定区域』指定を考慮するし、指定が無くても危険性を踏まえて鑑定をする。具体的な災害リスクも勘案して、こういった土地の評価を低くする。危険であればあるほど安くなる……けど、そうやって安くしたことで、却って人気を集めちゃうこともある。いわば、アウトレットの在庫一掃バーゲンセールをしているような状況になっちゃってるわけよ」

　その例えは、なるほど解りやすいと思った。

　アウトレットだからと言って品質が悪いというわけではない。けど、どこかに不都合があるからアウトレットになっているわけで、その不都合に納得できるかどうかで、買うかどうかを決めることになる。

……人によっては、その不都合に気付かないこともあるかもしれない。

「その上――」と桜咲も補足する。「そういった災害のリスクというものは、つい考えたくないものとして過小評価をしがちですからね。たとえば、『大勢の人が買っているから大丈夫だろう』とか、『有名な会社が売っているから大丈夫だろう』とかいう曖昧な要素を取り込んで、どうにかして安心しようとするのです」

「……ああ、なるほど」

「これはそのまま、詐欺や悪徳商法の常套句《じょうとう》としても使われているような言葉なんですけどね。『みんな満足している』とか『あの有名会社……の関連会社が』とか。要は、人間の心理が強く動かされてしまう言葉だというわけです」

「確かに……」

萌花は自分で置き換えて考えてみたけれど、こんな風に大きな買い物をするとなったら、やっぱり周りの他人がどうしているかは気になるし、騙されたりしていないかと考えて、相手が信用できるかどうかを見ようとするだろう……有名な会社なら騙したりはしないはずと。

そうすることで、安心を得ようとする。それは言い換えると、不安になりたくないと思うあまり、必要以上に強引になって自分を納得させてしまうということなのかもしれない。

「これって、危険な所に住まないように規制する、とかはできないんですかね？」

萌花は思わず聞いていた。

「難しいでしょうね」椎名は溜息交じりに、「そもそもこういう川の近くの土地は、田んぼを使っていた農家の後継ぎがいなくて、相続のときに手放されたものが多いのよ。もし宅地開発を規制すると、この田んぼは田んぼのまま放置しなくちゃいけなくなる。水害リスクのある田んぼを田んぼのまま売るなんてことは、事実上不可能だし」

「そう、ですよね」

「でも、さっき出てきた越谷レイクタウンの話は、一つの解決策ではあるわね」

「あ、そうか。水害のリスクがあるなら、水害のリスクが無くなるように開発をして、それから宅地を売り出すようにすればいい」

「まぁ、言うは易し行うは難しだけどね。そんなにお金を掛けられるのかって――」

椎名は苦笑しながら、

「ただ、レイクタウンはそれで地価が上がっている。もっと下世話な話をすれば、地価が上がることで、購入者層の年収も上がる。そうなると、地方自治体の税収も上がる、っていう話に繋がるかもしれないわけよ。……まぁ、捕らぬ狸《たぬき》の皮算用ではあるけれど。コストを掛けずに安売りするか、コストを掛けて付加価値を付けて売るかっていうのは、経済学上も悩ましい問題なのよ」

「……はぁ」

萌花は圧倒されて、間の抜けた声を漏らしていた。

桜咲姉弟と話していると、ちょっとした世間話をしていたつもりでも、様々な視点からの話が聞けて面白い。災害伝承という民俗学的な視点と、不動産鑑定士としての法的・経済的な視点と。そして、その圧倒的な知識量と、独特で視野の広い意見が、萌花の考えもしなかったところから出されてくるのだ。

それが楽しくて仕方ない。

そんな話をしている内に、いつの間にか車は美女木ジャンクションを通過していた。

すると桜咲は、「では、もう一つの説についても話しましょう」と言い出した。

「え？　それって、『美女がたくさん来たから美女来』っていうやつですよね？」

「ええ。実はその説についても、歴史的な裏付けがあると私は考えています」

「えぇ？　あの胡散臭《うさんくさ》い話に？」――椎名が茶化すようにツッコミを入れた。

確かに胡散臭い。それこそ単なる言葉遊びにしか思えない。でも、桜咲がそう言うのなら、何か説得力のある事実があるに違いない。そう思って、萌花は桜咲に先を促した。

「そもそも、この説の元となった伝承は、中世か、あるいはそれよりも前の出来事を伝えるものだそうです。京都から大勢の美女がやって来て、あの地域にあった村に立ち寄ったという。以来、その村は、美女が来た村――『美女来《びじょき》』と呼ばれ、それが訛《なま》って美女木《びじょぎ》となったそうな……」

当の桜咲まで、ちょっと茶化すような口調になっていた。

「あの、それだけですか？」

「伝承として残されている内容は、これだけですね」

「……ちょっと、これは、本当に胡散臭いんですけど」

萌花が言うと、椎名も「そうよね」と笑っていた。

「そうですね。実際この説は、美女木の漢字が当てられてから、それに似合う伝説や伝承を当てはめたのだろうと考えるのが一般的です」

――もちろん諸説ありますが。

と律儀に付け加えながら、桜咲は話を続けた。

「ただ一方で、この地域には、実際に京都から美女たちが大挙してやって来たことがあります。なので、この伝承もまったくの作り話ではなく、その元になった史実が伝わっていたのではないか、と私は考えているのです」

「美女たちがやって来た歴史？　……そんなことありましたっけ？」

「ありますよ――」

桜咲は、少し不満げに強めの口調で、

「ちょうど先日の講演会のときも、そういう話をしていたじゃないですか。とはいえ、あの辺りには、美女だけでなく老若男女が来ていたんですけどね」

桜咲は、殊更に『あの辺り』を強調するように言っていた。

あの辺り——美女木は、埼玉県の戸田市にあたる。荒川を挟んで西側は、和光市や朝霞市がある……。

そこに、老若男女が、京都というよりもっと遠くから来た……。

そこで萌花は思い出した。

「渡来人の集団移住——『新羅郡』を造る人たちが来たんですね」

萌花がそう答えると、桜咲は満足そうに頷いて、

「新羅郡は、現在でいう荒川——当時の入間川の西岸側に移住していましたが、そんな新羅の人たちが、川を渡って東側に来たこともあったでしょう。特に、川沿いの土地といえば、危険ではあるけど肥沃な土地ですからね。先進技術を持っている新羅の人たちは、きっと大活躍だったはずです」

「その中に、新羅の美女がいたっていうことですかね」

「いたでしょうね。渡来人というエリート集団の中にも、その妻や娘にも」

「そして、本当にそれを地名にしちゃったんでしょうか」

「それは、諸説あるとしか言えませんね――」

桜咲は冗談めかして微笑みながら、

「それでも、昔の誰かが『美女木』という漢字にすると決めたわけですけど、その際には、過去に美女がたくさん移住して来たという伝説――あるいはその元になった史実を意識したのかもしれません。その可能性は、十分にあると思いますよ」

そう説明されると、あれだけ胡散臭く思っていた「美女が来た」という話も、ただの言葉遊びじゃなくて、ちゃんと歴史的な裏付けがあるように納得できてしまった。

もちろん桜咲の言うように「諸説ある」話ではあるんだけど……。

どんな説でも軽視をしない。桜咲の言う『諸説あります』という言葉には、自説に対する自信の無さや謙遜があるわけじゃなくて、他説に対するリスペクトが凄く強いんだと感じた。

だから、こんなに面白いんだ。

3

「さぁ、これから一気に北上するわよ」

車は川口《かわぐち》ジャンクションを迷わず進み、北上する道――東北自動車道へと入った。

椎名の言葉を聞いた萌花は、ふと思い出した逸話があった。

「そういえば、ちょっとオカルトじみた話をしてもいいですか?」

「え? 怖い話でもするの? いいわよ」椎名が乗り気になっていた。

「あ、いえ、そうじゃないんですけど――」

萌花は桜咲に向き直りながら、

「小説とかオカルト系雑誌とかで、『江戸城の真北に日光東照宮がある』とか『日光東照宮は北極星を崇《あが》めていて、真北から江戸城を護っている』っていう話があるのを思い出したんです」

「ああ、そういう系の話ね」

椎名は呆れたように苦笑しながら、運転に集中していた。

一方、桜咲は萌花の話に乗り気なようで、声を弾ませるように答えてくれた。

「そもそも日光東照宮は、徳川家康の遺体を祀っている……とされていますね。そのために建立されたのだと。ただ他方で、家康の遺体は、静岡の久能《くのう》山東照宮に祀られているという説もあります」

「確か、家康の遺体は、当初は久能山にあったけれど、一年後、家康の遺言に従って日光に移された、っていう話でしたよね。だから、家康の遺体はかつて久能山にあって、いまは日光にある、と」

「普通に読むとそうなのですが、その遺言が偽造だったとか、偽造だと気付いていたけど従ったふりをしたとか、さまざまな利害関係の絡んだような逸話があるんです。その結果、どちらに埋葬されているかは諸説あるというわけです。墓を暴いてしまえば判るのでしょうが、さすがにそれはできませんからね」

「私が読んだことのある話ですと、日光東照宮を建てた天海が、自分の造った日光の東照宮を優遇するために、家康の遺体を日光に移すよう遺言を偽造したのではないか、というのがありました」

「実際、天海は、生前の家康にも優遇されている感じでしたし、死後も、二代将軍の秀忠と三代将軍の家光に優遇されていたようですからね。それくらいの偽造はできたかもしれません」

「天海といえば――」萌花は、上野に行ったときの話を思い出す。「上野に京都を造って、そこにも家康を祀るための東照宮を建てたんですよね」

「ええ。そちらは、江戸城の北東――鬼門を守護するような位置にあります」

「そして、日光東照宮は、真北を守護するために……ということなんでしょうか？」

「実はそのことについて、私も考えていたことがあるんですよ――」

桜咲の言葉に、萌花は心なしか身を乗り出していた。

「一部の本や雑誌では、日光東照宮は江戸城の『真北』にあると表現されているんですが、実際は真北ではないですからね。もし江戸城から真北に直線を伸ばすと、日光東照宮はその線から一四㎞ほどズレていることになります」

「それは、結構ズレてますね」

「逆に日光東照宮から真南に線を伸ばすと、その線は西荻窪《にしおぎくぼ》駅あたりを通過します」

「なるほど……」

「何より、それほど位置関係を大事にするのなら、江戸城の天守が数回改築されて、位置も変わってしまっていることの説明が付かなくなってしまいます」

「そういえば。江戸城って、天守の位置が何度か変わっていたんですよね」

「そうなんです――」

　桜咲は深く頷いて、

「家康の造った『慶長《けいちょう》』天守、二代将軍秀忠の造った『元和《げんな》』天守、そして三代将軍家光が造った『寛永《かんえい》』天守の、計三種です」

「……確かに、もし江戸城の天守を守護するために、北に日光東照宮を配置したのだとしたら、肝心の天守の位置を変えるのはおかしい気もしますね」

　すると、椎名が話に入ってきた。

「でもさ、昔の人が測量したんなら、それくらいズレちゃうんじゃないの？　日光まではそれなりに距離があるんだから」

「いや、いくら測量技術が今より劣っていても、真北への道のりがズレることはほぼ無い。真北に進むのなら、夜の北極星を目印に進んでいけばいいんだから」

「なるほど。全く移動しないで真北の空にある星だっけ」

「ああ、それがある限りズレないし、ズレたとしてもすぐ修正できる――」

つまり、江戸城と日光東照宮とのズレは、意図的にズラしたか、あるいは妥協の産物ということになる。

「特に、日光東照宮は、北極星と家康を合わせて祀るために造られた、とも言われています。北極星は、真北からまったく動かない。たとえ天地が動こうとも、ただ一つ揺らぎなくそこにある星。それを神として、そして絶対的君主の象徴として崇めるという信仰がある」

「『天皇大帝』ですね」萌花が答える。「この間の講演会でも話していました」

「あれ?」椎名が小首を傾げた。「じゃあ、家康は神様として祀られるだけじゃなくて、天皇にもなろうとしたってこと?」

「そう考えられている……いや、そう考えられてきた、と言う方が正しいのかもしれないけれど」

律儀に訂正をする桜咲に、萌花が続ける。

「もし『天皇=家康』とするために東照宮を造ったのなら、東照宮と北極星の位置はぴったり一致していないとおかしいです。拝む向きがズレていたら、その図式が成立しなくなってしまいます」

「そうなんですよ」

桜咲は頷きながら、

「だからこそ、このズレの意味が解らないんです。当時の江戸幕府の権力と能力を考えれば、ちょうど北極星に重なるように家康を祀ることもできたはず。なのに、それをしていない……」

「できなかったのではなく、それが意図的だったと、先生は考えてるんですね」

「ええ。そう考えています……」

と返してきたものの、そこに桜咲の自説は続かなかった。

この旅の中で、その説を聞けたらいいな。

萌花はそう思うと共に、自分も負けじと考えていきたいと思った。

4

日光市のカントリーサインを越えてから約一〇分。車は今市《いまいち》インターチェンジを降りて、市街地から外れていくように進み、やがて山と田畑に囲まれた地域に入っていった。その内の小さな山沿いに、新田家がある。

少し高台になった場所に、ぽつんと一軒家。手前の庭には、トマトやキュウリ、ゴーヤやトウモロコシなど、夏野菜がたわわに実った家庭菜園もある。家の隣には、小ぶりなログハウスも建っていた。穂波の動画でも見たことのある、彼女の工房だ。

穂波はそこで、様々な木製品などを作っているという。日光杉など地元の木材も活用していて、家のすぐ裏にある小さな山も私有地だったはずだ。

それは、萌花の想像するスローライフを実現しているような光景だった。思わず溜息を吐きながら辺りを見回していた。

「みなさん、いらっしゃい」

ふいに庭の中から声が響いた。

夏野菜の緑の奥から、ガーデニングエプロン姿の穂波が顔を見せていた。その隣には、トウモロコシをたくさん抱えた水葉の姿も。

水葉は、萌花たちの姿を見つけて、じんわりと表情を緩めていた。それだけでも、萌花はここに来た甲斐《かい》があったと思う。椎名が言っていた通り、笑顔になってもらえるだけで嬉しい。

「本当に、来てくれてありがとうね。椎名も、竜司くんも、それに萌花ちゃんも――」

穂波は瞳を潤ませ、野菜の入った籠を震える手で抱きしめながら、

「もう、両手が野菜で埋もれてなかったら抱きつきたいくらいよ。……ありがとう」

「あ……。どういたしまして」

萌花は、思わず謙遜しそうになるのを堪えて、そう返した。

穂波の感情をしっかりと受け止めるために。ここで謙遜するのは失礼だと思った。

「私ね、トウモロコシ採ってたの」

水葉が、両手でトウモロコシを抱きしめながら言った。

「これ、水葉ちゃんが採ったの？」

「うん。今がちょうど食べごろだから、みんなで食べましょうって。私は、萌花お姉ちゃんたちのぶん担当で、三つも採ったの！」

水葉が小さく頷きながら言った。言葉遣いがいつもの水葉と違うのは、きっと母親である穂波の口調を真似したからだろう。

「三つも？　重くない？」

「重くないよ」

水葉はそう言いながら、少しもたつく足で家の方へ歩いていった。萌花もすぐ後をついていく。自然と、みんなで水葉の後に続くように家へと向かった。

ふと、萌花の背後で椎名が穂波に話しかけていた。

「水葉ちゃん、楽しそうね」

「まぁ、お陰さまでね」穂波の声も弾んでいる。「前は東京に遊びに行って、今日は東京のお姉さんたちが遊びに来ることになって、結果的に、いろいろ夏休みの特別感を楽しめてるんだと思う」

「そうそう、お姉さんたちが来てあげたわよ」

「椎名は『お姉さん』じゃなくて『たち』の方に含まれてるの。母親の私と同い年なんだから、諦めなさい」

穂波の言葉に、椎名の溜息だけが返されていた。

緩やかな斜面を登るような格好で、家へ向かう。それに合わせて、裏に鎮座する山も近付いてきて、萌花は少し圧倒されそうだった。

夏の太陽を浴びて青々と繁茂する木々は、今にも建物に覆い被さろうとしているようにすら見えた。

「山が、近いですね」

萌花は率直な感想を口にした。

「そうね。この家も、山の麓にちょっと載っかってるように建ってるし。まぁ、お陰で半地下の貯蔵庫とかも造れたし、かなり便利なのよ。……市街地からは遠くて不便だけど」

そんな穂波の軽口に、思わず表情が緩む。

「土砂崩れとかは大丈夫なの？」椎名が真剣な目で聞いていた。「ただでさえ、最近の豪雨は想定外なレベルになりがちだし」

「大丈夫……って断言はしちゃいけないけど、防災も健康も、いろいろ考えてこの土地を選んだつもりよ――」

穂波は、どこか誇らしげに堂々と言った。

「この土地を選んだのは、割り箸とつまようじがあったからなの」

「……はい？」

椎名と萌花が声を揃えて怪訝な顔をする中、桜咲だけは「なるほど」と頷いていた。

「元々、水葉には軽い喘息《ぜんそく》があって、そもそも私たち夫婦も首都圏にこだわるような仕事じゃなかったし、それなら家族みんなで自然のある場所で暮らした方がいい、とは考えてたのよ――」

トウモロコシを茹《ゆ》でながら、穂波が、この日光の土地を選んだ理由を語る。

「それでいろいろ探しているうちに、土地より先に、里山についてのネット記事を見つけたの。それが、割り箸とつまようじについての記事だった」

さっそく割り箸とつまようじが出てきた。

すると、「割り箸は、この引き出しにあるよ」と水葉が教えてくれたので、萌花は

嬉しいのだろう。

「ありがと。後で使うね」と返した。

水葉は嬉しそうに、ちょっと得意げに笑った。誰かに教えてあげる、という行為が嬉しいのだろう。

「里山は、人がちゃんと管理をするからこそ、綺麗な自然が残る。記事の頭にはそう書いてあったんだけど、正直、意味が解らなかった。だけど読んでみたら、それが衝撃的というか、それまでの常識をひっくり返された気分だったのよ――」

穂波は、まるでその記事の一語一句を思い出すかのように語っていく。本当にすべて覚えているのかもしれない。

「人の手が入り、きちんと管理されている山林は、土砂災害に強くなる。適度に木が伐採され、適度に地面にまで陽の光が届く山では、一本一本の木がしっかりと地面に根を張ることができ、表層崩れが起きにくくなるのだ――」

その話は、萌花も以前、桜咲の講義や雑談の中で聞いたことがあった。

「里山を適切に管理するためには、適度に木を切ること――すなわち木材の需要があることが必要となる。特に、間引きや掃除の意味合いを持つ『間伐材』を活用することが重要だ。それらはこれまで、割り箸やつまようじに加工されて有効活用されてきたのだが、昨今は、木材加工品を使用しているだけで環境破壊と言われるようになったため、木製の割り箸やつまようじの使用が激減している――」

ここで、割り箸とつまようじに繋がった。

そして、桜咲が「なるほど」と言った意味も理解できた。

「間伐材の利用価値が激減したため、林業全体の収入が減ってしまい、従事者も減ってしまい、そして、放置された山林が増えていく。それはつまり、土砂災害のリスクを増やしていることに他ならない。割り箸とつまようじを使わせない側と、割り箸とつまようじを利用する側、いったいどちらが『環境破壊』なのだろう」

まるで演説をするように、穂波は記事の内容を語っていた。

「それなりに覚えてるものね」と冗談めかして笑う穂波。

「でも、穂波が衝撃を受けるのも解るわ」と椎名も同意していた。

「でしょ？　割り箸とかつまようじって、最近は『無駄な木を使わない』っていう流れになってて、みんな使わなくなってるじゃない。外食なんかは特に、洗って繰り返し使うのが『エコ』だってことで、むしろ割り箸を使ってると叩かれる、みたいな風潮にもなってるし」

「そうね。使い捨てを止めるってことで、ゴミ削減とかの話にも繋がるんだろうけど、割り箸を使うと、何か罪悪感を覚えるような雰囲気になってるわ」

椎名がしかつめらしい表情で言う。

「姉さんが子供の頃は、割り箸鉄砲を何丁も作って、近所の公園に抗争ごっこをしに出掛けてたくらいなのになぁ」

桜咲が嘆息交じりに言うと、

「さすが椎名。子供の頃からはっちゃけてるわね」

穂波が楽しそうに弄《いじ》っていた。

「あれは、ちゃんと使用済みのやつを洗って使ってたわよ……多分」

「いや。使用済みのやつは洗うせいで強度が落ちてダメだ、とか言ってたのを覚えてるぞ。だから割り箸を使ったふりだけして、未使用の割り箸を集めて作っていたんだ」

「そんなこと忘れなさいよ!」

「俺まで無理やり動員されて、一緒に怒られたんだぞ。忘れられるわけがあるか」

大人たちが子供の頃の話で盛り上がる中、水葉はきょとんとした様子で「割り箸の、てっぽう?」と小首を傾げていた。

萌花が説明していいものか、説明したら割り箸を浪費させてしまうのでは、などと迷っていると、穂波が気付いて、

「ほら、前にお母さんと一緒に作ったでしょ。的当てゲームに使った、輪ゴムのビームが出るやつよ」

「あ、輪ゴムのビーム」

以前に作っていたらしく、水葉はそれで通じたようだった。

「お陰で今は、こうして裏山で間引きした木を使って、子供と一緒に遊ぶこともできてるってわけ――」

穂波は幸せそうに微笑みながら、

「あの記事を読んだときに、住みたい場所の選び方も変わったのよ。私が住みたいのは、自然がたくさんあって、でもそれだけじゃなくて、自然と一緒に安全に暮らせる街がいいって。幸い、私はいろんな工作もできるから、それなら里山の木を使って、里山を管理しながらいろいろやろうって」

「それが、日光だったの？」

「そう。良い所は日光以外にもあったけどね。でも、日光杉とか、それを使った職人も魅力的だったし、木材以外にも、ほら、日光の天然氷って有名じゃない。ああいうのが、いろんな自然と一緒に生きてるって感じがして、特にすごく惹《ひ》かれたのよ」

「それじゃあ、そのお陰で、今の新田家はみんな健康になってるのね」

「旦那は花粉症だけどね……」

「あっ」

よりにもよって、日光杉の中心地に引っ越してしまったのか。

「……穂波、もしかして旦那が家に居ないのは……」

「あぁ、違う違う。それは単なる出張だから――」

穂波は笑いながら、

「それに、この辺りみたいに土の地面がたくさんあると、花粉って地面に落ちたら飛び回らなくなるらしいのよ。むしろ、実はアスファルトに覆われた都会の方が、いつまで経っても地面に溶け込まずに飛散し続けるって話もあるのよ。実際、うちの旦那は日光に戻った方が症状が軽いって言ってるわ。……個人の感想だけど」

健康食品の通販に出てくる注意書きみたいなことを言っていた。

こうして話を聞いているだけでも、穂波や水葉は、この日光に引っ越してきて良かったと思っているのが伝わってくる。

……でも、だからこそ。

今回の丑の刻参りの事件は、許せない。これでまた引っ越すようなことになってしまったら、最悪だ。せめて水葉が安心して、楽しく過ごせるようにしたい。

萌花は、改めてそう決意した。

5

午後三時。

新田家で茹でトウモロコシを堪能した萌花たちは、全員で、水葉の通う近所の小学校――東宮《とうぐう》小学校へと向かう。

その小学校に隣接する神社――丑の刻参りの現場となった稲荷の社を調べるために。

この件については、前に桜咲が言っていたように、周辺に余計な噂が立たないよう、表向きは「民俗学者の桜咲准教授がフィールドワークの下調べをするために訪れる」ということになっていた。

ただ、あくまで民俗学的な調査をしにきたという体《てい》なので、「丑の刻参りに絡めて、水葉がいじめられているのでは」というような話はできないだろう。

「まず、校長先生に挨拶に行きましょう――」桜咲が指揮をとるように言った。「神社の管理は町内会がしているそうですが、その役員である校長先生に協力していただいて、調査の許可を取っていただきましたし」

小学校が近付くにつれて、夏休みということもあってか、子供たちのはしゃぐ声がたくさん聞こえてきた。

校庭では、低学年らしき子供たちがサッカーをしていた。

「この暑い中、凄いわね……」

椎名が呆れるように呟いていた。萌花も完全同意するように頷いた。

その中に一人、大人の女性も交ざっていた。シャツにジーンズというラフな格好で、結構背が高い。ただ、少し猫背気味になっていた。

「あの女性が、水葉の担任の先生です。唐川恋先生」

まだ遠いながら、穂波が紹介をしていた。

すると恋も萌花たちに気付いたようで、一度立ち止まってから丁寧に礼をしてきた。

萌花たちもつられたように、みんな揃って立ち止まってから礼を返した。

「あっ。痛っ！」

ふと一人の男子が声を上げた。見ると、膝を押さえながら座り込んでしまっていた。

恋は驚いたように肩を跳ねさせてから、「どうしたの！」と急いで駆け寄っていた。

どうやら、男子が転んで膝を擦りむいてしまったようだった。

子供たちが「保健室！」と声を上げて校舎の方を見て、「あ、今は休みじゃん。どうしよう」と困惑していた。

すると、恋が「大丈夫よ。先生に任せなさい――」と自分の胸を叩いていた。少し芝居っぽいけれど、子供たちは恋に注目して静かになる。

「こんなこともあろうかと、消毒液と絆創膏《ばんそうこう》を持ってるからね」

恋はそう言いながら、腰に着けていたウエストポーチから救急セットを取り出していた。

「おおー」と謎の盛り上がりを見せる子供たち。

「それじゃ、まずは水道で傷を洗いに行きましょう。痛いようなら先生に摑《つか》まってね」

そう言って、恋は子供に付き添うように、水道の方へ歩いていった。

……穂波さんが言ってた通りだ。あんなふうに子供を守ってくれているんだ。

萌花は恋の姿を目で追いながら、そう思った。

「それじゃあ、校長室に案内しますね」穂波が先導して、校舎へ向かう。「校長先生は、普段から誰よりも早く学校に来て、誰よりも遅く学校から帰るような方です。夏休み中も、毎日のように学校に来ているんですって」

「ああ、それは私も伺いました」桜咲が苦笑しながら、「今回の調査の件で、電話越しに話をしただけですが……。何と言うか、教育熱心な方ですね」

「確かに、熱心な方ですね」

穂波も同調しながら、だけど苦笑を漏らしていた。

何か含みのある言い方だった。それはまるで、萌花のことを「熱心な方」と呼んでくるときの桜咲のように。

その含みの意味は、校長室を訪ねた瞬間にすぐに理解した。

「おはようございます、みなさん――」

挨拶の段階で、声の大きさに圧倒された。

「私が、この東宮小学校で校長をさせていただいている、川平武蔵と申します。先生方には、遠路はるばるこのような場所にまでおいでいただき、誠にありがとうございます。何分、学校生活しか知らない身である故、不躾《ぶしつけ》なところもあるかもしれませんが、何卒《なにとぞ》よろしくお願いいたします」

言葉遣いは丁寧なのに、声が大きい。何より、高身長で筋肉質な身体をしているので、会話をしているだけで圧が強い。

年齢は五〇を超えているようだけど、上下ジャージで声を張っている姿は若々しく、現役の体育教師にしか見えなかった。

……熱心って言うより、熱血？

萌花は反射的に、数歩下がってしまっていた。そんな萌花の後ろに隠れるように、水葉が居た。そういえば、水葉は武蔵のことが苦手だと聞いていた。

さっそく桜咲が話を進める。

「今回は、私の調査を許可していただき、ありがとうございます。さっそくで恐縮ですが、これから施設内にある神社について、調査をさせていただきます」

「はい、お稲荷さんのお社《やしろ》ですね。どうぞどうぞ。是非とも調査していただきたいと存じます。お力になれるようなことがありましたら、何なりとお申し付けください」

武蔵は丁寧な口調で、だけど相変わらず力強く大きな声で言った。

「では、一つ確認したいことがあります」

「はい、何なりと」

「校長先生は、この小学校で広まっているという丑の刻参りの都市伝説について、ご存じでしたか？　子供たちの間でどれだけ信じられているかとか、いつごろからだったかとか」

桜咲の質問に、武蔵は視線を斜め上に向けながら、

「子供たちの噂については、私の耳にも入ってきております。それを認識したのは、今年の五月の連休明けでしたが」

五月の連休明け——それはちょうど、水葉が藁人形を見つけたタイミングだ。

「それ以前には、いかがでしたか？」

「子供たちが言うには、去年の一一月ごろからそういう噂はあったらしいのですが、詳しいことは判りません。実のところ、私は五月の一件があるまでまったく気付かず、噂すらも知らず……。お恥ずかしい限りです」

武蔵の返答は不明瞭だった。ただ、噂になり始めた時期について見るなら、少なくとも、水葉が藁人形を見つけて騒がれ始めたときよりも半年は早いらしい。

逆に言うと、水葉の件があったから噂が広まったというわけではないことになる。

また、年度をまたいで長期間に亘って噂が広まっていたのなら、もしかしたら呪いの実行犯は一人とは限らないかもしれない、あるいは卒業してしまっている可能性もあり得る。

「それに対して、学校としては、何か対応はしていたのでしょうか？　聞き取り調査とか、現場への立ち入りを禁止するとか」

「いえ。特に何もしておりませんでした」

「それは、どうしてでしょう？」

「たとえば、子供の頃にあった『こっくりさん』のように大ブームになってしまうとか、生徒たちが夜の学校に忍び込んだといったような事態でしたら、止《や》めるように動くこともできますが、最近は、無闇に『ダメ』と言ってしまうと却ってやろうとしてみたり、それを動画にして全世界に公開しようとする、などということも起こりうるので、対処が難しいのです」

「なるほど……。それは気を遣わないといけないですね」

「ええ。私は校長という立場ゆえ、特に影響力が大きいので、自分の発言には気を付けないといけません――」

と、武蔵は相変わらず強い声で言いながら、

「もちろん、それが特定の生徒の学校生活を脅かすような事態になれば、私も直接動きます。なのでそのときは、新田さんも、どうか気兼ねなくご相談ください」

最後に、穂波に呼びかけるように言った。

「はい、ありがとうございます」

穂波は、声の圧に押されるように引き気味になりながら、笑顔で答えていた。

「せっかくですので、先生の調査を見学させていただいてもよろしいですか？」

という武蔵の提案を、桜咲は快諾した。

校内を武蔵が先導するようなかたちで、萌花たちは校庭に出る。そこではまだ子供たちが遊び回っていた。先ほど怪我をしていた子も元気そうで、膝に絆創膏を貼りながら駆け回っていた。そこに恋も交ざっている。

「あの唐川先生が、水葉ちゃんと一緒に藁人形を発見したんです――」

武蔵が、恋と水葉に視線を送りながら言った。水葉は、反応に困ったように視線を外していた。

「そのこともあって、今日は唐川先生にも学校に来てもらっていたんですよ。あそこで遊んでいる子たちも、そのとき一緒にかくれんぼをしていた子たちです」

とても用意周到だった。

今回はあくまで、桜咲による民俗学の調査として声を掛けたはずだけど、恐らく、こちらが本当は呪いの犯人を探そうとしているということに気付いているのだろう。先ほどの会話で最後に穂波に掛けた言葉も、それを前提としているようだった。

恋は、萌花たちに気付くと、子供たちとの遊びを切りの良い所で抜けて、こちらにやってきた。

「水葉ちゃん、こんにちは」

恋は、真っ先に水葉に挨拶をしていた。

「先生こんにちは」

水葉が返事をすると、恋は頬を緩めるように笑っていた。

そして改めて、萌花たちとも自己紹介を交わした。

「お話は伺っています。その、裏の稲荷で見つかった呪いの藁人形のことを、民俗学的に調査されるとか――」

恋は、神社のある方向に顔を向けていた。この位置からだと校舎の陰に隠れてしまうので、まったく見えなかったけれど。

「ですが、本当は、水葉ちゃんのことを守りにきたんですよね？」

恋は続けてそう言ってきた。

「どうでしょう。私たちは警察でも探偵でもないですし――」

桜咲は飄々とした感じで、

「ただ、民俗学の研究対象を悪用するような人間が居たら、私は許せません」

いつもよりさらに低い声。強い怒りがひしひしと伝わってくる。

重苦しい静寂の中、桜咲は「話を戻しましょう」と切り替えて、

「水葉ちゃんが藁人形を見つけたとき、彼女から最初に報告を受けたのは唐川先生だと伺っておりますが、そのときの状況を話してもらえますか？」

「はい。五月の連休明け……九日だったと思います。いつものように、子供たちと一緒にかくれんぼをしている最中に。あのときは私がオニだったんですけど、みんなが隠れている中で、水葉ちゃんが自分から出てきたんです。そうしたら、釘を打ち付けられた呪いの藁人形を持っていて、『神社の木の裏で見つけた』と言っていました」

「藁人形は、その後も何個か発見されたようですけど、それについては何かご存じですか？」

「初回以外は、それぞれ別のクラスの子が遊んでいたら見つけた、ということでした。そのときは、藁人形が木に貼りつけられた状態のままだったので、私や校長先生も、その現場を確認しました。どれも同じ木に、ガムテープで貼り付けられていました」

「なるほど。ガムテープは、藁人形を木に貼り付けるためのものだったんですね……」

桜咲は顎に手を当てながら、思案するように黙りこくった。

……まるで探偵だ。

萌花は思わずそんなことを思った。だけど、あくまで自分たちは探偵ではないのだ。それでもせめて、少しでも水葉と穂波を安心させられるようなことができたらいい。

「ちなみに、その藁人形は、今どこにありますか?」

桜咲が、先生方を見比べるようにして聞いた。

「それでしたら……」恋が武蔵を見やる。「一度警察が持っていきました。ただ、事件性が無いとかで……」

「はい。警察から戻されまして、仕方がないので、すべて私の自宅に持って帰って保管しております」

「自宅にですか?」萌花は思わず聞いてしまった。

「ええ。さすがに学校に置いておくのは難しいですし、かといって、処分できるようなものでもないですし……呪いがあったら怖いですからね」

確かに、呪いの藁人形だと言われて渡されても、対処に困る。そうそう処分できるような物でもないだろうし。

「なるほど、その藁人形を持ってきてもらうことはできますか?」

桜咲の要望に、武蔵は「解りました」と頷くと、スッと桜咲に顔を寄せて、「実は校長室に持ってきております。物が物だけに、人に知られないようこっそりと」

武蔵はそう言ったものの、声が大きいので周りにもまる聞こえだった。

「それでは、神社の方に行ってみましょう」

桜咲が先導を切るように動き出し、全員で後を追う。

「恋先生！　もう一緒に遊んでくれないの？」

遠くから子供たちの声が響いた。

校庭の真ん中でボールを止めて、みんなでこちらを見ていた。

「あ、えーと……」

恋は困ったように、水葉と子供たちとを何度も見比べていた。見ていて思わず頬が緩むほどの狼狽《ろうばい》ぶりだった。

「こちらは大丈夫ですよ」と武蔵が言う。「恋先生は、子供たちと一緒に遊んでください。私は、一緒に遊ぶと、ちょっと怖がられてしまうので……」

そう言う武蔵は、少し寂しそうだった。

「……解りました」

恋は意を決したように強めに頷いて、

「私は、あの子たちと遊んできます。校長先生は、水葉ちゃんたちをお願いします」

そう言い残して、駆け足で校庭の中央にいる子供たちの方へ向かった。

「子供に好かれていて、いいですねぇ――」

武蔵は羨ましそうに見つめていた。

「私も校長として、子供たちが傷付かないよう守っていこうとしているんですが、恋先生が頑張ってらっしゃるので、ついこちらも甘えてしまうんです。私は立場上、生徒たちと直接話す機会も少ないですし。そのため、恋先生に任せきりになってしまっているんです」

その話しぶりは、やはり萌花たちが水葉のためにここに来たということを察しているようだった。

「是非、私たちも協力したいです」

椎名はそう言っていた。

もはや隠し事はせず、協力関係を築いた方が良い、ということだろう。

「お願いします。お互い、頑張りましょう」

武蔵の表情は、少し晴れ晴れとしたように見えた。


萌花たちは、改めて現場となった神社へ向かった。

小学校の裏手——北東の方角に、神社がある。

日に焼けた朱色の鳥居が、後方に広がる深緑とのコントラストを生じさせている。

丑の刻参りが行われていたという、稲荷を祀る例の神社だ。

元々、この神社には丑の刻参りの伝承など無かった、という話だった。それがいつしか、心霊スポットだとか肝試しだとかで、妙な話が作られたのだろうか。

良くも悪くも、特徴が無い。校庭と境内とを隔てるような柵は無く、鳥居と小さな社があるだけで、その裏側に雑木林が鬱蒼《うっそう》と生い茂っている。

その雑木林も、人の手が入っているようなものではなかった。無造作に伸びた大小の木々や草花が、夏の陽射しを受けて乱雑に伸びてしまっている。

「神社の木なので、切るような行為はしない方がいいのかと……」

武蔵が申し訳なさそうに言っていた。

すると桜咲は、

「防災の観点からは、このような林は自然に任せず、人の手を入れた方がいいですね。社にも影響を与えかねません。もしよろしければ、後で詳しくお話ししますね」

と得意分野の話を振っていた。

「あと、防犯の観点からもね」

椎名がそう付け足した。軽い口調ではあるけれど、怒りは隠しきれていなかった。

そんな椎名が、率先するように先を歩いていく。萌花たちもそれについて行くように、社の裏手の方に回っていく。すると、水葉が後ろの方で立ち止まっていた。

穂波と手を繋いで、その手をぎゅっと握ったまま、動かない。

例の現場にはあまり近付きたくないのだろう。釘の刺さった藁人形が、ガムテープで貼られていたという、その現場へは。

「水葉ちゃん、水葉ちゃんが見つけた藁人形はどこにあったのか、指をさして教えてくれるかな？」

椎名が尋ねると、水葉は、ゆっくりと腕を上げながら指をさした。水葉は穂波にしがみつきながら、恐る恐るこちらを見るような体勢で、あまり腕も上がっていない。

萌花たちの足下を指しているような状態だった。

それを受けて、萌花は指さしている辺りに立って「ここ？」と聞いた。

水葉が首を横に振ると、別の場所へ移動して、また聞く。

椎名も協力しつつ何度か繰り返していたら、ついに水葉が頷いた。

そこは、社の裏手に回り込んですぐの場所だった。大きめの木々に囲まれているものの、茂みの中には数歩しか入っていない。

萌花が見回すと、今この神社に来ている全員の姿が見えていた。逆に言えば、萌花の姿も全員から見えている。

……どういうこと？

丑の刻参りは、人に見られたらいけないはずなのに。

これでは、丑の刻参りの要件を満たすことはできないのではないか。

こんな場所で藁人形に釘を打ち付けていたら、それこそ自ら「見つけてください」と言っているようなものではないか。

萌花が考え込んでいると、桜咲が近くに寄ってきた。

「藁人形が貼り付けられていたのは、この木でしょうか?」

そう言いながら、萌花の立っている場所から一番近いスギの木を指し示した。

「水葉ちゃん、この木かな?」

萌花が確認するように聞くと、水葉は小首を傾げてから、首を横に振った。

それじゃあ、と萌花たちが別の木を示そうとすると、

「こっちの木ですよ――」

武蔵が別のスギを指し示した。そちらも、やはり外から見やすいような位置にある木だった。

そのとき、ふと萌花は疑問に思った。

「校長先生は、どの木に藁人形が貼り付けられていたのか、知っていたんですか?」

当時は、水葉が藁人形を見つけて、それを恋の所へ持っていった、ということだった。ということは、最初の藁人形が木に貼り付けられていた光景は、水葉しか目撃していないことになるはずだ。

「この目で見たわけではないですが、しっかり報告は受けていますから、私も状況は把握しています――」

武蔵は自信ありげにそう言って、木に触れた。

「あの藁人形は、確かに、この木にガムテープで貼り付けられていた、ということで

した。その後もさらに二回、藁人形は発見されましたが、すべて同じ木が使われています。後の二回については、私も現場の状況を目撃しておりますので、同じ木だということは確実です」

「なるほど……」萌花は頷いて、「そういえば、最初に発見された藁人形にはガムテープが絡みついていたんですよね。あれは、人形を木に貼り付けるためのテープが絡みついていたっていうことですか」

「そのようです――」武蔵は大きく頷いて、「この木に貼り付けられていた藁人形を、水葉ちゃんが取ってしまったと聞いています。ちょうど前日は雨が降っていて木が湿っていたため、ガムテープの粘着力が落ち、水葉ちゃんでも簡単に取れたのだろうと」

「……なるほど」

萌花は、口の中で小さく呟いていた。

今回の件は、一般的な『丑の刻参り』とは違っている。藁人形をガムテープで貼り付けたなんて話、萌花は寡聞にして知らなかった。

「今回の事案は、実に特殊ですね――」

桜咲が真剣な目でスギの木を睨む。

「これは、具体的な事実をしっかり当事者から聞いていって、普通ではない所を把握しておかないと、認識にズレが生じてしまうかもしれません。『丑の刻参り』とはこういうものだ、という先入観を持たないよう、気を付けないといけません」

確かに、と萌花は頷いた。

特に、状況が状況だけに、つい水葉へはあまり質問しないでいたのだけど、それが却って事実関係を混乱させてしまっているかもしれない。

改めて、事実関係を見直す必要がありそうだった。

ふと、椎名が不機嫌さを隠さずに言った。

「ガムテープで貼っただけなら、それを剝がしても木は傷つかない。つまり、器物損壊にはならない。……とでもいうつもりなのかしらね、この犯人は？」

「あ……」

萌花も思わず声を漏らした。

前に椎名と話をしていた。丑の刻参りは器物損壊罪が成立しうる、というけれど、あの話は、藁人形ごと釘を打ち付けて木を傷つけるからこそ成立する。ガムテープを貼って剝がした程度では、器物損壊が問題になるほどの傷は生じないだろう。

それを計算した上で、藁人形をガムテープで付けたというなら、なんて悪質な犯人なのか。

……自分は罪にならないようにしながら、水葉ちゃんを苦しめるなんて。

「まさに、事件性が無いから捜査はできない、というわけですね」

そんな桜咲の言葉に、武蔵は苦々しい表情で頷いて、

「何と言うか、本末転倒ではあるんですが、もし釘を打って木に傷が付くという被害が生じていたら、証拠も被害も存在していて、警察も捜査してくれて、その犯人は捕まったのかもしれない、なんて……。神社の木が傷つけられるのを望むなんて、おかしいですけどね」

武蔵は自嘲するけれど、萌花はその心境が解る気がした。

犯人を暴くための証拠が無いとき、新しい犯罪が起きたら証拠が手に入るかもしれない、と考えてしまう。

だけどそれは、犯人を捕まえて犯罪を止めたいはずなのに、新しい犯罪が起きてほしい、というおかしな話になってしまう。

一応、今回も、呪いの藁人形が複数回発見されたという状況ではあるのだけれど。それが何か、犯人に繋がる証拠になっていないだろうか……。

手掛かりを見つけるべく、桜咲が質問を続ける。

「ガムテープや藁人形から、指紋や髪の毛などは出てきませんでしたか？」

「それは調べてもらったのですが、指紋は、初回のときだけ検出されたものの、それは発見者の二人――恋先生と水葉ちゃんのものと、あと私のものが出てきただけです。髪の毛についても、よく人形の中に呪いたい人の髪の毛を詰め込んでおくとか言われ

ていますが、そのような物はありませんでした」

「なるほど……」

桜咲は考えを巡らせるように、木を入念に調べていた。

萌花もその木を見つめる。何の変哲もない、スギの木。

「釘の跡はもちろん無いし、ガムテープの跡も無い。……二ヶ月は経っているから、当然か」

桜咲の言葉に、武蔵は頷きながら、

「それについては、私たちも前に調べました。念のため、この木だけでなくその周りの木も含めてです。ですが、そのどれにも傷は付いていませんでしたね」

「……証拠になるような跡を残したくなかったのか、それとも、木には優しいのか」

椎名が誰にともなく呟いていた。

「でも、証拠っていうなら、肝心の藁人形は現場に残されたままだったんですよね」

萌花がそう返すと、椎名も「そうよね……」と頷いた。

先ほど水葉が指さしたのは、周囲から見つかりやすい位置だった。そしてそこには、藁人形という証拠も置かれたままだった……。

これらの事実は、およそ見つかりたくないと思っている人がやるような行動じゃない。これはまるで――

「逆に、敢えて呪詛を見せびらかしているようにしか思えないです」

萌花は、ふと思ったままを口にしていた。

「……うん？」椎名が小首を傾げる。「でも、丑の刻参りっていうのは、秘密にしないといけないのよね？　見せびらかしたら意味が無いんじゃないの？」

「そう言われると……」

萌花が返答に窮すると、

「いや、意味ならあるかもしれません——」

桜咲は、何かに思い至ったように考えながら話し始めた。

「呪詛の中には、確かに、誰にも見られてはいけないという要件のものもあります。ですが、呪詛を誰かに見せるということが大きな意味を持つこともあるんです」

「呪詛を、見せる意味……？」

「そうです。そもそも、陰陽師などの使う『呪詛』は、超能力のようなファンタジー、オカルト、小説やドラマの世界の話として、いわば空想のものとして捉えがちです。ですが、あれらも現実的な事実として解釈することができます」

桜咲は、講義をするときのように面々を見回しながら、

「たとえば、『蘆屋道満が天皇に呪詛をかけていた』という話……これを噂として広めたとしたら、蘆屋道満はどうなるでしょう？」

「あっ……」

萌花は声に詰まり、そして、胸が痛くなる。

それは、まさに、今回の水葉と同じ状況だ。

「蘆屋道満は、それが理由で安倍晴明に成敗されました。この場合は、『噂』ではなく、晴明の『能力』によって真相が暴かれた、ということになっていますが」

「物は言いようね」

椎名が唾棄するように言った。

萌花も、気分が悪くなりそうだった。

それは、『冤罪《えんざい》』の構図そのものに思えたから。

「呪詛というものは、いわば加害者としてレッテル貼りをすること——故意に風評被害を創り出すものとして、とても有効的に使えるんです。そうやって、『昨今の不調は、○○が呪っていたせいだ』とすることで、歴史的には政敵を貶めたりすることもできました」

桜咲の話を受け、萌花は改めて、歴史上の『呪詛』や『怨霊』を考えてみた。

すると、確かに「加害者としてのレッテル貼り」——権謀術数や讒言《ざんげん》として説明ができてしまうものが多かった。

菅原道真の左遷も、「道真が、自身の娘婿を次期天皇に仕立て上げ、現天皇を排斥しようとしている」という讒言が元になって、九州・大宰府《だざいふ》に左遷されることになった、と言われている。

この讒言は、まさに蘆屋道満を貶めた呪詛と同じだ。反論を許さないようなレッテル貼りをして、徹底的に叩いてしまう。

さらに道真は、その死後までも、天変地異や関係者の突然死について道真の怨霊のせいだとされてしまっている。

とんでもない『冤罪』だ。

「疑惑が掛けられた側に、『疑惑を晴らせ』と要求する……それは、無いものを証明する『悪魔の証明』に他なりません」

「悪魔……」

冤罪の疑惑を押し付け、本人に無実を証明させようとし、それができなければ、排除する……。

「まさしく、呪詛ね」

椎名が、吐き捨てるように言った。

「呪詛にはもう一つ、現実的な使い方があります」

桜咲はそう言うと、メモ帳を一枚破いてそれをヒトの形に折り込んで、そこに『桜咲椎名』と書いた。

そして桜咲は、その人型の紙を握り潰して、さらに破いてしまった。

「えっ？」

萌花は思わず不快感で顔を歪めていた。

「……どういうつもりかしら？」

椎名は激怒していた。

それでも桜咲は淡々と、

「これが、呪詛です――」

と語った。

「何の力も持っていない私が、ただの紙とペンで作ったもの。それを邪険に扱っただけで、周りの人は不快になってしまいます――」

……それは、確かに。

萌花は胸に手を当てて、さっきの不快感を思い出した。

「悪意を込めて他人を侮辱する……それだけでもれっきとした『呪詛』になる。それを目にすれば、嫌悪したり怒ったりするのは当然です」

「……そうね」

と、椎名も同意していた。

「これをもし、『呪う力がある』という者が『厳格な儀式』に基づいて実行すれば、効果は増すでしょう。……かつての陰陽師のように」

「……なるほど」

萌花は、その説明を聞いて納得していた。

だが、椎名は納得していなかった。

「後で覚えてなさいよ」

まるで呪詛をかけるような、重苦しい声が響いた。


丑の刻参りの現場をひとまず捜索し終えた萌花たちは、水葉と穂波の居る所に戻るように、社の正面に集まった。

そこで萌花は、先ほど気になったことを水葉に聞くことにした。

「ねぇ、水葉ちゃん。水葉ちゃんが藁人形を見つけたときのことを、話してほしいんだけど」

「え？」

水葉の表情が強張《こわば》り、視線が揺れた。

「あの、それなら私が……」と穂波が話そうとするのを、萌花は手ぶりで遮った。

「実は私、勘違いしていたことがあったんです。というのも、丑の刻参りっていう言葉を聞いたとき、私はてっきり、神社の裏手の奥の方の木に、藁人形が釘で打ち付けられている光景を想像していたんです」

「あ、それ私も」と椎名が同意してきて、桜咲も頷いていた。

「ですが実際は、神社の裏ではあるけど、かなり手前の木が使われていた。しかも、釘じゃなくてガムテープで貼り付けられていた、っていうことなんですよね？」

萌花が武蔵に視線を送ると、武蔵は困惑しながらも、「ええ。そう聞いています」と答えた。

「私は、そんな風には聞いてなかったんです――」

萌花は、事実を確かめるように言う。

「少なくとも、水葉ちゃんから直接話を聞いたはずの穂波さんは、そうは言っていなかった。だから、しっかり確認しておきたいんです」

みんなの視線が水葉と穂波に集まる。水葉は肩をビクッと跳ねさせていた。

「水葉ちゃん。水葉ちゃんは、どこで藁人形を見つけたの？」

萌花の問いに、水葉は戸惑いを見せたものの、ぽつりと呟くように話し始めた。

「私は、あの辺で――」

水葉は、先ほども指さしていた場所と同じ所を指さして、

「地面に落ちていた人形を、取ったの」

先ほどと同じように、低い位置を指さしていた。木ではなく地面を。

「……地面に、落ちていた？」

そう驚いたのは、武蔵だった。

改めて、穂波が話していた内容を思い返すと、藁人形が木に刺さっていたとか、木に貼り付いていたなんてことは、一言も言っていなかった。

「私、かくれんぼをしてて、あの木の所に隠れようって思って。そうしたら、下に人形が落ちてたの。それで、そのときは何かわからなくて、恋先生に見せに行ったんだけど……」

「ちょ、ちょっと待ってください――」

武蔵が困惑をあらわにしていた。

「藁人形が落ちていたなんて、私は知りませんよ？　最初の藁人形も、あそこの木に貼り付けられていたんじゃないんですか？　二回目や三回目と同じように、ガムテープで」

そんな武蔵に、萌花や椎名、桜咲の視線が突き刺さる。

どうして、武蔵の認識がズレているのか。

どうして武蔵は、木に藁人形が貼り付けられていたと言っているのか。

「校長先生――」

桜咲が、前に出るようにしながら問いかける。

「どうして校長先生は、最初の藁人形があの木に貼り付けられていた、と知っていたのですか？　水葉ちゃんが見つけたときには、既に地面に落ちていたというのに」

「ど、どうしてって……」

武蔵は、今にも泣きそうな顔をして、声を絞り出すように言った。

「……そう、恋先生が報告しているんです。『この木にガムテープで貼り付けられていたのを、水葉ちゃんが取ってきた』と」

6

恋は、水葉が藁人形を見つけたとき、子供たちと一緒にかくれんぼで遊んでいた。オニになったため、校庭の中央付近で数を数えていたらしい。

そのことは、水葉だけでなく、当時一緒に遊んでいた子供たちも証言した。

その数を数えている最中に、水葉は藁人形を見つけ、それを拾って恋に渡しに行った。つまり、かくれんぼが始まってから、恋は校庭の中央を動いていなかった。

恋は、いつ、木に貼り付けられている藁人形を見たのだろうか。

そもそも――

水葉も、どの木に藁人形が付いていたかなんて見ていなかったというのに。

第一発見者であるはずの水葉ですら、木に貼り付いていた藁人形を見ていなかった。水葉より前に、その状況を見ていた人でなければ、知りえないこと。

どうして、恋はそのことを知っていたのか……。


「恋先生――」

桜咲の低い声が、校長室に響く。

萌花と椎名、そして、武蔵と恋の視線が、桜咲に集まっていた。穂波と水葉には、今は別の場所に居てもらっている。

「あなたは、この水葉ちゃんの件についての報告書で、藁人形がどの木に貼り付けられていたのか、教えてくださいましたね」

「え、はい」

「それは、水葉ちゃんに教えてもらったから、ということでしたよね？」

「はい、水葉ちゃんに、どこに呪いの藁人形があったのか聞いて、それで、私が校長先生に報告したんです」

「どの木だったのか、というのも、水葉ちゃんが教えてくれたんですね？」

「はい、そうです」恋は頷いて、「どの木に藁人形があったのかを聞いたら、水葉ちゃんが指をさして、そして話してくれました。『あそこの木の裏にあった』って。だから私は、その木の裏に藁人形が貼り付いていた、という……校長先生？」

「…………」

武蔵が無言になり、大きく息を吐いた。

恋が言ったこと、それは、事実上の自白だった。

「恋先生――」

武蔵が、苦々しげにその名前を呼ぶ。

「水葉ちゃんは、この藁人形が木に貼り付いていたところを、見ていないんです」

「…………え？」

恋は目を見開いて、そのまま固まった。

「この藁人形がどの木に貼り付いていたか、水葉ちゃんは知らないんですよ」

「ど、どういうことですか？　だって水葉ちゃんは、この藁人形を見つけて、私の所に持ってきたんですよ？　そしてその後、どこにあったのかを指さして……」

「水葉ちゃんが見つけたとき、藁人形は、地面に落ちていたんですよ。指をさしていたのも、地面なんです」

「…………」

「だから、水葉ちゃんは、知らないんです。どの木に藁人形が貼り付けられていたのかも、そもそも、藁人形が木に貼り付けられていたことすらも。……それを知っているのは、藁人形を設置した犯人だけなんです」

「……ちょ、ちょっとまってください。あの……勘違いしてました」

「勘違い？」

「そうです。私、二番目と三番目の藁人形が見つかったときのことと混同しちゃって、それでてっきり、最初のときも同じ木に貼り付けられていたんだって思い込んでしまって……」

「そうじゃないでしょう――」

武蔵は、冷静に恋の主張を否定した。いつも熱くうるさい武蔵の、落ち着いた声。

そして武蔵は、校長室で保管されていた、呪いの藁人形に関する報告書を見せた。

そこには、確かに、どの木に呪いの藁人形が貼り付けられていたのか、はっきりと書かれていた。

唐川恋自身が手書きした文書として。

水菓が藁人形を見つけた当日に作成した、報告書として。

「あなたは、最初から、どの木に藁人形が貼り付けられていたのか知っていたんです」

恋は、声にならないような音を吐き出して、そのまま固まってしまった。

あまりにも、安直な嘘だった。

「話してください」武蔵が問い詰める。「どうして、こんなことをしたんですか？」

校長室に、静寂が訪れた。

武蔵は、それ以上は促さない。みんな、恋が自発的に語り出すことを待っていた。

「……頼って、ほしかったんです」

やがて漏れ出した、とても弱々しい声。

「生徒を守れる、強くて頼れる先生になりたい……それが私の理想の先生だった。だけど私は、力が強いわけじゃない、頭が良いわけでもない。だから、もし本当に何か危険なことが起こったら、何もしてあげられない……。だけど、実際に何も起こらないなら、守ることができる。……守っている風を装うことができるから」

「だから、実際には何の危険も起こらないような、『虚偽の危険』を利用しようとした、ということですか。『呪いの藁人形』を使うことで」

桜咲の問いに、恋は小さく頷いた。

「つまり、こういうこと？」

椎名が、怒りを隠さないままの声で言う。

「『誰かが、丑の刻参りでクラスの子を呪っている』っていう『嘘の危険』を自ら作り出すことで、その嘘の危険から子供たちを守ってあげる、という姿を見せつける。そうすることで、あたかも、危険に対処している格好いい自分になれるって？」

「……はい」

恋は、長身を縮こまらせるようにしながら、

「それが、一回じゃ弱いと思って、二回、三回と、繰り返すようになったんです。それで怖がる水葉ちゃんを、守ってあげようと思って……。そうしたら、私の知らないところで、水葉ちゃんが犯人だなんていう噂も出てきて、水葉ちゃんが傷付いてしまったんです。だから、こうなったら本当に私が守るしかないって思ったんです」

恋の話を聞いていて、萌花は頭が痛くなりそうだった。

まったく論理が繋がっていない話を、さも論理的であるかのように語る恋。

「……まるで、『代理ミュンヒハウゼン症候群』ですね」

武蔵が呟いた。

「傷付いている人を自ら作り出し、それに同情をしてみせることで、自分がさも情に厚くて素晴らしい人間であるかのように、周囲に顕示する。そうやって、自身の評価を上げていこうとする……。それは特に、幼い子供を持つ母親に多く、健康な子供を傷付けたり病気になるよう仕向けたりして、それを懸命に看病することで、立派な親として評価されたいのだと――」

武蔵はそう説明をしながら、恋を見やった。

「あなたは、生徒を守りたい――それも弱くて傷付いている生徒を守りたいと考えていた。そのせいで、自分自身でその『弱くて傷付いている生徒』を作り出してしまっ

たんですね。自分が素敵な先生に見られたいがために、あなた自身が生徒を傷付けていたんだ」

……酷い。

誰かを守るためには、誰かが傷付いていることが必要……。そんな考えで水葉が苦しめられていたなんて。

完全な『マッチポンプ』だ。自ら火をつけて、そして自ら火を消す。そうすることで、火を消す消防士が英雄になれるという。

それを恋は、本当は火が出ていないのに「火が出た」と言って、消火活動を続けていた……。

そうやって、虚構の敵を作り出し、自分は英雄になろうとしたのだ。

「ち、違います！　私は別に、水葉ちゃんを傷付けようなんて思っていません！」

恋が困惑したように声を裏返らせた。

「私はただ、嘘をでっち上げただけなんです！　私は何も、犯罪なんてしていませんよ！　神社の木だって傷付けていませんから、器物損壊にもなりません！　それに不法侵入でもないです！　私は先生で、あの神社は校庭のようなものですから！　……ほら、私は別に、何も犯罪なんてしていない！」

恋は、泣いているのか笑っているのか怒っているのか、もはや判別がつかないほど顔をぐしゃぐしゃにして叫んでいた。

　肩で息をするほどになりながら、それでもまだ言葉は途切れない。

「だって、そもそも呪いなんて現実じゃないんですよ！　嘘なんです！　デタラメなんです！　だから、呪いを使っても誰も傷付かないんですよ！」

　……そんなわけが。

「そんなわけないだろうが！」

　窓を震わすほどの怒声。

　誰もが息を呑《の》み、動きを止めた。

　その中で、武蔵は身体を大きく震わせ、叫ぶ。

「どれだけあの子が苦しんだと思っているんだ！　あの子は、呪いの犯人にされてしまったんだぞ！」

「……で、でも、私はそんなつもりは無かったんです。そもそも、水葉ちゃんは本当は犯人じゃないんですよ。嘘なんですよ」

「嘘だからこそだ――」

　桜咲が、滔々《とうとう》と諭すように言う。

「呪いが嘘だったから、呪いをかけたというのも、呪いをかけてないというのも、どちらの事実も証明できないんだ。……証明できない以上、みんな、『怪しむ』状態を続けてしまう——『半信半疑』にしかならない。その結果、水葉ちゃんは、ずっと、怪しまれ続けなければいけなくなったんだ」

桜咲の語るそれは、まるで、安倍晴明と蘆屋道満の逸話のようだった。

「天皇に呪詛をかけた」という疑いを晴明によって掛けられた道満は、しかし、その疑いを晴らすことはできなかった。

みんな、「晴明ほどの陰陽師が言うなら」と、それを信じてしまった。

そもそも、「呪詛をかけていない」なんていう事実を証明することなど、不可能なのだから。

無いものを証明することなど、不可能。

『悪魔の証明』——という名の呪詛。

桜咲が話していたこと、そのままだ。

……同じじゃないか。水葉ちゃんの事件と。

恋先生が言うから……。恋先生が水葉ちゃんを守ってくれるから……。

そんな調子で、恋の言葉を信じてしまった。

そのせいで、水葉が「呪詛をかけていない」ことを証明しないといけなくなった。

そして、そんなことができるわけもなく、ただ疑われる日々だけが続いてしまった。

……それを「嘘だから問題ない」なんて言えるこの人は、壊れている。

結局、自分のために他人を利用しただけなんだ。

桜咲は言う。

「ただ一言、あなた自身が『犯人は自分です』という真実を言うことができれば、すべて解決できたんですよ。それ以外に、解決策なんて無かった。なのにあなたは、自分のために嘘を吐き続けてしまった。それが、水葉ちゃんを苦しめた本当の『呪い』だ」

「そんな、私はそんなつもりじゃ……」

恋が首を振りながら、部屋の隅に後ずさっていく。

そこに、武蔵が言葉を掛けた。

「あなたは、水葉ちゃんを守ってなどいない。……あなたが、あなたこそが、水葉ちゃんを苦しめ、傷付けたんです」

「傷、付けた……」

恋が、目を見開きながら呆然《ぼうぜん》とする。

「私が、生徒を、傷付けた……。そんなの、先生失格じゃないですか」

恋は、フッと力を失ったように、その場にくずおれた。

武蔵の言葉が、唐川恋の歪んだ理想に、現実を叩きつける。

弱々しく丸まった小さな背中が、震え続けていた。

補講

江戸・東京を造った男

1

「せっかく日光まで来たんだから、ちゃんと観光もしていきましょう」

という椎名の提案に乗るように、萌花たちは日光東照宮へやってきていた。

気分は、重い。

昨日あの後、恋は穂波と水葉に会おうとしたが、穂波と水葉がそれを拒否した。

やはり、許せるような話ではないのだ。彼女はそれだけのことをしてしまったのだし、何より、それをやっている最中、彼女には罪悪感など無かったのだから。

せめて、「水葉が犯人だ」という噂が出たときに、正直に話すことができていたら……。だけど恋は、その噂を自分のために利用することを選んでしまった。

武蔵の最後の言葉は、彼女に矛盾を突き付けていた。もはや理想でいられなくなった彼女が、現実を見たときどうなるのか……。それが心配でもある。

今後、武蔵は恋のことを教育委員会などにも報告し、しかるべき措置をとるという。

言うなれば、恋は水葉に対するイジメの首謀者だったのだから。

「その責任は、取ってもらわなければなりません――」武蔵はそう力強く語っていた。

「私も、私の責任を取らなければなりません」

恋に任せきりで、真実に気付くことができなかったことへの自戒も込めて。水葉や穂波のことは気になるけれど、だからこそ萌花たちは、今度会うときには楽しい話ができるようにしたいと思う。

無理にではなく、徐々にでも、だけど着実に良い方向に進めるように。

日光東照宮に来たのは、萌花にとっては二回目だった。

とはいえ、前回来たのは小学校の修学旅行。一泊二日で、東照宮だけでなく華厳《けごん》の滝や中禅寺湖《ちゅうぜんじこ》、そして戦場ヶ原《せんじょうがはら》の隣をバスで抜けて奥日光まで回るようなスケジュールだったため、正直、ほとんど覚えていないし、当時の自分は何も修学できなかった。

もっと勉強をしておけばよかった。

萌花は小学生の頃の自分を叱咤《しった》激励したい気分だった。

東照宮近くの駐車場に車を停《と》めて、萌花たちは『神橋《しんきょう》』から順番に見て回っていく。

『橋』は『端』を意味していて、人間の世界の境界を表している。ここから先は、人ならざるものの世界。

この神橋は、大谷川《だいや》に架けられている。緑豊かな日光の山と川の流れ、そこに朱色の橋が架かっている光景は、絶好の映え《ば》スポットになっている。

「この橋を渡るにも行列、隣の橋から写真を撮るにも行列……凄いわね」

椎名が苦笑交じりに言っていた。

「パワースポットとして紹介されたりしてますからね。ここを渡って、東照宮とかを見て、実はメインは隣の二荒山《ふたらさん》神社のお守りだったり」

「二荒山神社？　聞いたことないわね」

「それは姉さんだからな――」

桜咲は、身も蓋もない、だけど説得力のあることを言って、

「二荒山は、日光という名前の由来になったとされている、この山の古い名前だ。元は、観音菩薩《かんのんぼさつ》が降り立つ場所とされる『補陀落《ふだらく》』から来ていると言われるが、『ふだらく』が訛って『ふたら』になり、『二』と『荒』という漢字を当てた。それを音読みして『にこう』となって、縁起の良い漢字を当てて『日光』になった」

――諸説あるけど。

桜咲は律儀に付け加えていた。

萌花はこういう話は大好きなのだけど、椎名にとってはそうでもないようで、

「なるほどね。……あ。萌花ちゃん、見てよ。この川の名前、大谷川だって。ダイヤ採れるのかしら？」

さらっと流すように話題が切り替わっていた。

「さすがにダイヤは採れませんよ……」

と言いながらも、まさかと思いつつ萌花は桜咲に目をやった。

「ダイヤについては聞いたことがありませんね――」桜咲は、どこか楽しそうに口角を上げて、「ただ、鉄については一大産地と言っても間違いではない」

「……鉄、ですか？　それが日光で？」

萌花には、正直そんな印象は無かった。

「そうです。鉄と言っても、鉱山で掘るようなかたちではなくて、砂鉄です――」

萌花と椎名は揃って川を覗いていた。覗いたところで砂鉄を見極められるわけでもないけれど。

「日光には、鉄に関係している有名な伝説が残されています。それは、この川の上流にある『戦場ヶ原』の名前の由来となった話です」

「あっ。それなら修学旅行のときに、バスの中で聞いた覚えがあります。……内容はまったく覚えてないですけど」

椎名が「そういうものよね」と笑っていた。

桜咲は苦笑しながら、説明をした。

「昔、この地を治める二荒山の神と、群馬の赤城山《あかぎ》を治める神とが、中禅寺湖の領有を巡ってこの地で争った。その際、二荒山の神は大蛇《おろち》に、赤城山の神は大ムカデに化けて戦った。そして、二荒山の軍勢が放った矢が大ムカデの片目に命中し、その傷と出血により大ムカデは退散。戦場ヶ原と隣の中禅寺湖は、二荒山の領地となった。そして、このときの出血が原因で、戦場ヶ原の土と川は、赤く染まったという。ちなみに本当に、戦場ヶ原の土や川は赤くなっている」

「大蛇ということは、やっぱり川や洪水の象徴でしょうか。ただ、大ムカデはよく解らないいんですけど……」

「ムカデは、多足動物ですよね？」桜咲は声を弾ませるように、「手足が多い、異形の存在……。私たちはそういう存在の謎を解いてきたと思いますけど？」

「あっ！」

萌花は思わず大声を出してしまった。周りの注目を集めてしまって恥ずかしいけど、

「両面宿儺と同じことなんですね」

「そういうことです――」

桜咲は頷いて、

「両面宿儺は、製鉄民の象徴だと考えられます。それと同じように――あるいはそのような存在が多数いることの象徴として、多足動物の『ムカデ』が描かれているのでしょう」

「大ムカデが、矢を射られて片目になったのも……」

「一つ目の妖怪は、製鉄民の象徴ですね」

「その血が流れて土や川が赤くなったのも……」

「酸化鉄、つまり錆《さび》の色です――」

桜咲は楽しそうに語る。

「実際に、戦場ヶ原からは酸化鉄が採れます。というのも、男体山《なんたいさん》などの噴火によって熔岩《ようがん》が――まさに土も金属もドロドロに熔《と》けた物が積み重なって、あの辺りの土壌になっているそうです」

「日光に、鉄が……」

それは、萌花にとって意外だった。鉄というと鉱山のイメージがあったし、鬼や両面宿儺といった製鉄民も山で暮らしているというイメージがあったのだ。

それが真っ平な関東平野にもあったなんて。正確に言えば日光の辺りは山地だけど。

そんなことを考えていると、ふと閃いたことがあった。

「もしかして、家康が日光に墓を造ったのも、鉄を確保するためだったとか？」

「……なんだって？」

桜咲に鋭く睨まれてしまった。萌花は思わず引き気味に、

「あの、その、前に先生と話してたじゃないですか。山や高台に墓を作る意味――」

上野の旧家を訪ねた際に、あの近辺の墓の多さを不思議に思って尋ねた話だ。

「そこが穢れた場所だから他人に近寄らせない……あるいは……そこが神聖だから近

寄らせない。……いずれにせよ、近寄りがたい雰囲気にはなるかな、って……先生？」

桜咲は一点を見つめながら固まっていた。

椎名が「あー、いつものか」と苦笑しながら桜咲の目前で手を振ってみるが、当然のように反応は無い。

観光客が怪訝そうに隣を通過していき、「ねぇあれ、テレビに出てる妖怪防災学の先生じゃない？」などと言われているけれど、お構いなし。

そんな様子を萌花も見つめながら、その口が動くのを期待して待った。

「この日本には、大ムカデの伝承が他にもある――」

やがて桜咲はそう語り出した。突然の話の展開にも思えるけれど、きっと桜咲の頭の中では、こう話すことが最善だと導き出されているのだろう。

「近江《おうみ》――今の滋賀県、琵琶湖からは少し離れた三上山《みかみやま》という所を支配していた大ムカデが、藤原秀郷《ふじわらのひでさと》という武将によって討ち取られている」

「え？　滋賀ですか？」

「滋賀だ。だが今重要なのはそっちじゃない。藤原秀郷の方だ――」

桜咲は、一つ呼吸を整えるようにしてから、

「秀郷は、平将門を討ち取った武将でもあるんだ」

「平将門を？」

次々に、日光とは関係なさそうな人物が登場してくる。ただ、平将門も、前に桜咲との話には出てきていた。江戸城の北東——鬼門を守護する存在だ、と。

「平将門には、こんな伝説があるんだ。『彼の身体は鉄でできている』と」

「……え？」

話が、じわじわと繋がっていく。

この感覚は——楽しみは、民俗学や歴史の謎を追っているからこそ味わえる。

「平将門の身体は鉄でできている、ゆえに、こめかみを撃ち抜かなければ倒せない。そんな伝説があったところ、藤原秀郷は見事こめかみを矢で打ち抜いて、将門を討ったという。鉄の身体——すなわち鉄の鎧《よろい》や兜《かぶと》で守られていたんだ」

「え？　でも、平将門は茨城県で活躍していた……あっ！」

自分で言って、気付いた。

「茨城県には、鬼怒川が流れ込んでいます。この日光から」

「そうだ。この大谷川も、ここから一〇㎞ほど下流で鬼怒川に合流している。豊富な砂鉄を含んだ砂が、下流まで流されていくんだ」

「その豊富な鉄を、平将門は確保していた……」

桜咲は大きく頷いて、

「そもそも茨城は、古代から鉄の産地として有名だった。かつて霞ヶ浦《かすみがうら》は、香取海《かとりのうみ》といって、湖ではなく太平洋の内湾だった。そこに、かつての鬼怒川は流れ込んでいたんだが、その香取海の浜辺でも、砂鉄を使った大規模な製鉄が行われていた――」

　そう言いながら、桜咲はスマホの画面を見せてきた。そこに表示されていたのは、鹿《か》島《しま》市木《き》滝《たき》の比《び》屋《や》久《く》内《うち》製鉄遺跡という古代の製鉄遺跡だった。

　そこに記された説明文を見ると、国宝でもある霊剣『フツノミタマ』も、ここで作られたのではないかと言われているらしい。

「また、前回の講演でも少し話した、常陸国に住んでいたと言われる異形の存在……」

　そういう話は、萌花もしっかり覚えている。

「土蜘蛛が居たんですね。多足の存在――製鉄民の象徴が」

　桜咲は満足そうに頷いて、

「ちなみに、『茨城』という地名の由来にも、製鉄民が絡んでいると解されるんだ。これは、大和朝廷の指揮した軍勢が常陸国に攻め入ったとき、現地民らが暮らす土の穴を使ってゲリラ戦のようなことをするので、穴に入れないよう『茨』を編んで蓋をした、という征圧の歴史から来た……という説がある」

「土の穴に……それが土蜘蛛なんですね」

「そういうことだ」

茨城は、製鉄の里だった。

萌花にはそんな印象はまったく無かったけど、桜咲の説明で納得した。

「さらに加えると――」

と、桜咲はダメ押しのように説明を入れる。

「平将門は、『九曜《くよう》紋』という紋章を使っていた。中央に大きな黒い丸があり、それを小さな八つの黒い丸が囲んでいる紋章なんだが」

桜咲は言いながら、スマホで『九曜紋』を見せてきた。説明の通り、中央に大きめの黒い丸、そしてその周囲を八つの小さい丸が……。

そこで萌花はハッとした。

「『八』は製鉄民の数字……そういうことなんですか？」

「それもあるだろう」桜咲は楽しそうに頷いて、「そして、この中央にある大きな黒丸は、北極星を象徴している」

「北極星……」

それは、日光を語るときにも必ず出てくる星。真北の空で輝き続ける、不動の星。

そして、絶対権力の象徴――『天皇大帝』。

「平将門は、『新皇』と称して関東を統治しようとしていた、と言われている。ただそれは、天皇の権力を排除して成り代わるようなものではなく、天皇と並び立って分割統治するつもりだった、とも言われている。だから、天皇大帝が北極星の守護を受けるのならば、当然、新皇も北極星の守護を受けることになる、と」

「そういえば、将門は桓武《かんむ》平氏ですから、その名の通り桓武天皇の子孫なんですよね」

「ああ、将門は桓武天皇から五代目の子孫にあたる。分割統治するための正統性もあった、というわけだ」

「なるほど……」

「ただ、将門が北極星を信仰していたのは、それだけが理由ではないだろう――」

桜咲は、息を整えるようにひとつ息を吐くと、

「そもそも製鉄民は、星に対する信仰を篤《あつ》くすることも多い。それは、星が鉄を恵んでくれることを知っていたからだ」

「あっ。隕石《いんせき》！　隕鉄ですね！」

「ああ。人の力では作れない物質を、天が恵んでくれたというわけだ。そして人々は、その天の恵みを自らの手で作ろうとした」

「だから、天の守護を求めて、星に願いをかけたんですね」

「ああ。北極星は、星の中でも中心に位置する絶対的な存在だ。平将門は――平将門も、北極星を篤く信仰していたというわけだ」

桜咲は、聞こえよがしに言い直していた。

それが次への前振りだ。

「徳川家康も、北極星を信仰していたんですね」

「ああ――」

と桜咲は頷いてみせて、

「と言いたいところだが、恐らく違う」

「……えぇ？」

萌花は完全に困惑した。てっきり、というより確実に、次は徳川家康の話になると思ったのに。

「で、でも、この日光東照宮には、北極星に関連する仕掛けがたくさんありますよね？　そのことは、前にも話していましたし……」

「確かにこの日光東照宮には、北極星に関する仕掛けがたくさんある。陽明《ようめい》門と、本殿と、北極星とが一直線上になる参拝の配置は、間違いなく北極星への信仰があればこそだろう。それに」

「それに？」

「この日光は、江戸の北にある」

「え？　でも、真北には無いっていう話でしたよね？」

「確かに、真北には無い。だけど北にあることは間違いない。そして、鉄を語る上では、その『北にある』ということこそが重要だったんだ」

「それは、どういうことなんですか？」

「江戸の北にある日光を支配すること、それは、『四神《しじん》』のひとつである『玄武《げんぶ》』の力を得るということになる」

「四神って、朱雀《すざく》・青龍《せいりゅう》・白虎《びゃっこ》・玄武っていう四体の霊獣ですよね？」

「ああ。元々、中国の神話に出てくる守護獣に基づいているものだが、これが方角や季節、色などと合わせて思想化した上で、さらに陰陽道とも組み合わさったりもした」

「陰陽道まで？」

また一つの事実が繋がった。

どんどん繋がっていく楽しさに、萌花は声を弾ませていた。

「ここで特に重要なのは、方角と、色、そして陰陽五行の『木火土金水』で、何を象徴しているかだ。玄武の護る方角は、『北』。そして象徴する色は、玄の文字にあるように、『黒』――」

「北の方角の、黒い物……」

「そして五行の象徴は、『水』だ」

「……あぁ」

萌花は思わず嘆息した。

「江戸の北に位置し、黒い砂鉄があり、それを流す川の水がある……」

すべて、繋がっている。

「日光には、そのすべてが備わっているんだ」

萌花には、言葉が無かった。

そんな萌花に追い打ちでもかけるように、桜咲は言った。

「そして、そんな日光を選んだのは、徳川家康じゃない」

「……あっ」

これまでの話の全てを繋げるように、桜咲が言った。

「天海だ」

そうだ。

その名前は、上野で話をしていたときも、日光で話をしていたときも、いつも絶対に出てきた。

上野は、江戸の鬼門を守護する——

そして日光は、江戸の北を守護する——

そのための神社仏閣を——舞台装置を造り上げてきた。

それが、天海だ。

「江戸の北には家康を、そして、江戸の鬼門には平将門を……。すべての目的は、鉄で繋がっている……」

萌花の呟きに、桜咲は頷いて、

「江戸から見て、北東の鬼門は鬼怒川が流れている。そこには常陸・茨城の製鉄跡が集まっている。江戸時代になってからは、その地方を長年支配していた佐竹《さたけ》氏が、突如秋田に移封された。佐竹氏が関ヶ原の戦いで日和見をした上で西軍についたため家康が報復した、と言われているが、その後釜に入れたのは家康の子で、それが水戸徳川家の始まりにも繋がる」

「それだけ、北東の方角が重視されていたっていうことですよね」

「ああ。水戸は、伊達《だて》氏などの東北勢力を牽制《けんせい》するために重要な土地でもあったけれど、いざというときの鉄資源の確保も意図していたのかもしれない」

「だからこそ、鬼門の守護を厚くしていた」

桜咲は頷いて、

「江戸幕府――もとい天海は、江戸城の北の日光に家康を、鬼門の北東には平将門を、いわば『鉄の神』として祀った」

「だからこそ、神田明神をわざわざ江戸城の北東に来るよう移転したんですね。神田明神には、将門の身体が祀られているっていう話もありますから」

萌花がそう言うと、桜咲は何かに気付いたように目を見開いた。

「実は、製鉄民であるたたら師には、特殊な願掛けがあるんだ。民俗学的には『死屍《しし》呪物《じゅぶつ》』と呼ばれたりするモノなんだが」

「ししじゅぶつ？」

「死屍累々の死屍に、呪物――呪いと書く」

「……呪い」

　思わず口に出ていた。

「たたら師たちは、血の穢れは避けるが、死の穢れは避けない。むしろ、死の穢れを好んで集め、家の柱に死体を縛り付けていた、という話が、一つや二つではないほど伝えられているんだ」

「死体を？　……あっ！　それってつまり」

「日光には家康の墓所である日光東照宮、そして、鬼門には平将門の身体を祀る神田明神がある」

「……あぁ」

「さらに言えば、一般人では忌避するようなことを、進んで実践していく集団を、私たちは知っている。『土用の日』でも構わず土木工事をするようなその職業は――」

　桜咲の言葉に、萌花は思わず、笑みが漏れていた。

　こんな所まで繋がるなんて。

萌花と桜咲は、自然と息を合わせたように言っていた。

その職業とは――

「陰陽師」

二人の声が揃う。

ここに、歴史は繋がっていたのだ。

2

気付けば、萌花たちは神橋近くの道の片隅で、ずっと立ち話をしたまま動いていなかった。

日光東照宮の謎が解けた――

そう思うと、萌花は何だか晴れやかな気持ちで、どこか誇らしさすら持ったように、顔を見上げていた。

「ようやく観光に行けるのね……」

一方の椎名は、嘆くように呟いた。ずっと萌花と桜咲の隣で話が終わるのを待ってくれていたのだ。まだ神橋しか見ていない。

「それで、ここからようやく、日光東照宮に入れるってわけね」

椎名も萌花に並ぶようにして、道の先を仰ぎ見ていた。

「いや違うぞ」桜咲は即、否定して、「ここはまだ東照宮じゃない。輪王寺《りんのう》の境内だ」

「輪王寺？　なにそれ？」

「簡単に言えば、東照宮が造られるよりも古くから、この山にある寺だ」

「へぇ。じゃあ、東照宮はその輪王寺の境内を削って造られたってこと？」

「そういうことになる。実際、鎌倉時代には、今の東照宮の本殿が建っている位置に、輪王寺の本殿が建っていたらしい」

「それをどかしちゃったってことなのね」

「どかしたというか、譲ったという感じだな。日光東照宮が建てられた時期——つまり徳川家康が死去したとき、輪王寺の住職は天海だった。その天海が、日光東照宮の造築を指揮したと言われている」

「……天海」

萌花は思わず繰り返していた。

また出てきた。

萌花は思わず苦笑した。今は、この天海がどういうつもりで日光東照宮を造ったのか、桜咲が解き明かしたんだぞ、と。

そう思いながら桜咲を見たら、なぜかその表情は硬かった。

まるで、解けていない謎があるかのように。

萌花たちは先へ進む。輪王寺の宝物殿《ほうもつでん》の前を通り過ぎ、石畳の上を歩いていくと、やがてまっすぐで幅広い砂利道になった。

これが、日光東照宮の参道だ。

遠くには、わずかに鳥居も見えている。

「これを真っ直ぐ行くと、有名な陽明門とかがあるのね」椎名が言った。

「いいや、ここを真っ直ぐ行っても、この道はクランク状に曲がっているから、そこに突き当たるだけだ」

「え？　ここも参道が曲がってるの？」

椎名はきっと、京都での話を思い出しているのだろう。

以前、北野《きたの》天満宮に行ったとき、その参道が曲がっているのを、椎名も萌花も身をもって体験していた。

……曲がっていることに気づかず真っ直ぐ進んで、恥ずかしい思いもしたし。

「それじゃあ、ここの参道が折れ曲がっているのにも、ちゃんと意味があるの？」

「……どうだろうな。北野天満宮とは地形も時代も条件も違っている。……案外、俗説として言われている『怨霊を閉じ込めるため』という可能性だって否定できない」

その俗説は萌花も知っている。

なぜか『怨霊は真っ直ぐにしか進めない』という俗説があって、そこから『怨霊を祀る神社は参道が曲がっていて、それにより怨霊を封じている』という俗説が生まれている。

この俗説は、多くの神社の例を挙げれば一貫性が無いとわかるのだけど、意図的にそれっぽい例だけを抽出することで正しく見えてしまう。都合の良い情報だけを選んでいる『風説の流布』みたいなものだ。

「この参道の先にあるクランクを抜けたら、そこに陽明門があって、さらに先に拝殿・本殿があるんだ」

「陽明門なら知ってるわよ――」

椎名は声を上げた。歴史に疎い椎名には珍しい。

「夜のあの写真って、陽明門だったわよね？　星が綺麗な円を描いてるやつ」

「そうですね。あれ綺麗ですよねぇ」

萌花も見たことがある。円を描く星空をバックに、ライトアップされた陽明門が写されている写真だ。

「陽明門の正面から、北極星を撮影したものだな。北極星は地球の軸の真上にある星だから、地球が自転しても動かない。だが周りの星は動き続ける。その天体の特性を活《い》かして撮られている」

「北極星——天皇大帝ですね」

空の上でもまったく動かない星。それを、絶対的な権力者の象徴とした。

そして、製鉄民の信仰する星。

桜咲は頷いて、

「東照宮の背後には、北極星が輝いている。東照宮を拝む人は、必然的に併せて北極星も拝むことになる。そうすることで、東照宮に眠る家康と、天皇大帝——つまり天皇を一体化させた、と言われている」

「それを設計したのが、天海なんですね」

「ああ。天文学の知識に裏打ちされた、とんでもない礼拝施設だ」

桜咲が嘆息するように言っていた。

萌花は、スマホで航空写真の地図を見ながら、そのとんでもない礼拝施設を見下ろした。

真南を向いている陽明門と、東照宮の拝殿・本殿。これらはいずれも、北極星を真後ろに背負っているような位置関係になっている。陽明門の中央や、拝殿の中央に立って参拝すると、ちょうど北極星も正面に据えて拝することになるのだ。

まさに、ここに眠る家康と北極星とを、一度に拝めるように。

そして本殿の後ろの斜面には、家康の墓所がある。

有名な『眠り猫』の彫刻がある欄間の下をくぐって、『コ』の字型に回り込むように造られた長めの石段を登った先に、家康の遺体があるという墓所・宝塔がある。

その墓所は、北極星と同じように、ちょうど陽明門や本殿を拝む先にあるはず――

「…………あれ？」

――無かった。

萌花は改めて地図を見て、そこでふと気付いた。

「家康の墓所の位置が、本殿の中央からはちょっとズレてます。これじゃあ、本殿を拝むときに、家康の墓を拝んでいないことになりませんか？」

「なんだって？」

桜咲がスマホの地図を覗き込んだ。

「…………」

そのまま、無言になって固まってしまった。

ここは神社なのだから、本殿さえ拝めていればいいという話かもしれない。墓所は拝むべき対象ではないという話なのかもしれない。けど、どうにも違和感がある。

それはまるで、江戸城と東照宮の位置関係がズレていたように。

東照宮の中でも、本殿と家康の墓とで、ズレが生じている。

「地図が間違ってるとか?」

と航空写真で確認してみたが、やっぱりズレている。

「行ってみよう」

桜咲が先に行く。萌花もすぐに後を追った。できる限りの早足で。気分的には走り出したいほどだけど、それは自重した。

東照宮の石鳥居をくぐり、先ほどの話に出たクランク状の参道の突き当たりを左に曲がる。ここには、『三猿《さんざる》』——いわゆる『見ざる・言わざる・聞かざる』——の彫刻で有名な神厩舎《しんきゅうしゃ》もあるのだけど、今はそれより、陽明門と本殿、そして家康の墓を確認したかった。

石段の先に、陽明門が建つ。正面に立つと、豪奢さ、重厚さに圧倒される。

数年前に修繕されたばかりのその姿は、きっと四〇〇年前の姿がそのまま再現されているのだろう。

「この陽明門の背後に、北極星が輝く……」

桜咲はスマホを取り出して、何やら操作をしていた。

「GPS機能で経度を測る。この陽明門の経度は……東経一三九・五九八七度だ」

萌花はスマホのメモ機能を使ってメモを取る。

そして萌花たちは、彫刻に見惚《みと》れる観光客の間を縫うようにして先へ進む。

すぐに、東照宮の拝殿の前に来た。本殿はこの奥にあり、一般客は拝殿越しに本殿を拝むことになる。

「ここの経度は……もちろん東経一三九・五九八七度だ」

萌花はメモを見直して、それが一致していることを確認する。さっきの場所から真北にしか動いていないのだから、横のズレは無い。当然と言えば当然だけど。

本題は、次だ。

萌花たちは、拝殿に向かって右方向――東側の、『この先　眠猫《ねむりねこ》・奥宮《おくみや》』と書かれた案内板に従って進んだ。

受付で拝観料を払って進むと、まずは『眠り猫』の彫刻が見えてきた。

手前には、家康の霊廟を守るネコが目を閉じていて、そして裏側には、ネコを天敵とするスズメが自由に飛び回っている。

スズメが自由に飛び回れるほど平和な世の中になりますように、という願いが込められていると言われている。

とはいえ、今の萌花にはそれをゆっくり見ていられるような冷静さはなかった。早く家康の墓所に行きたい。

そう思いながら、説明板を傍目に通り過ぎて、先を急いだ。

ふと、ツアーガイドの声が耳に入って、「この眠り猫は、左甚五郎という……」と聞こえてきた。その音を聞いただけで、名前の漢字が思い浮かんでいた。どこかで聞いた覚えがあったけれど、それを思い出す前に、萌花は目の前の階段に圧倒されていた。

「日光東照宮の施設の中で、最も高い位置にあるのが、家康の墓を備えた奥宮だ」

桜咲が、まるで覚悟を促すように言ってきた。地図上では、この階段が東側の斜面を『コ』の字型に回り込むような形で、墓所のある奥宮まで続いている。

家康の墓は、階段を登り切った先にある。

何度か小さく折り曲がるように登っていき、やがて、西に向かって大きく折れた。その先を見上げると、鳥居が見えた。

あそこが墓所の入り口だろう。残りはだいたい一〇mくらいだろうか。

あと一息だ。萌花は自分に言い聞かせるようにして、足に力を入れた。

「ここだ――」

ふいに桜咲が立ち止まり、告げてきた。

「ここが、東経一三九・五九八七度だ」

「……え？」

萌花は思わず膝が折れそうになりながらも、周りを見渡した。どう見ても、ここは階段の途中。手すりの外の景色を見ても、山の斜面と杉らしき木々が延々と広がっているだけだった。

萌花はスマホの地図で現在位置を表示させた。すると、確かに自分のいる位置は、本殿の真後ろ——真北に位置していた。

階段は、まだまだ先、西に向かって続いている。

「とりあえず、奥宮まで行ってみましょうか」

桜咲が言いながら先に進む。萌花も、椎名と並んで後を追った。

やがて鳥居をくぐると、右側に折れるようになっていた。そこにあった石段を登っていくと、奥宮の拝殿があった。

その脇に、『順路』と書かれた案内板が、向かって右に進むよう示していた。ここから、拝殿の裏にある墓所をぐるりと回ることができるようになっている。

萌花たちは、他の参拝者の後ろに続くように、渡り廊下のような板張りの通路を歩いていった。

やがて、家康の墓所が視界に入ってきた。『宝塔《ほうとう》』と呼ばれる金属製の墓標が建てられている。案内板を見ると、建立当初は木製だったものが、後に石造となって、そして五代将軍綱吉の時代に、唐銅（金・銀・銅の合金）製になったとのことだった。

……この下に、徳川家康が眠っている。

厳密にいうと、家康の遺体の場所には諸説あり、日光東照宮ではなく、静岡・駿河《するが》の久能山東照宮にあるとする説もある。

ただ、今は遺体がどこにあるのかよりも、家康が眠っているはずの、家康を祀るための施設にズレがある、ということこそが重要だ。

萌花たちは、宝塔の後ろ側——真北に立った。

「東経一三九・五九八五度——約一〇m、西にズレている」

経度の数字では解りにくかったけれど、具体的な距離で言われると、やはり大きい。

東照宮の本殿はすぐそこにあるのに……木々が邪魔しなければ直接目視できるのに、ここまでズレてしまっているなんて。

萌花は思わず桜咲の顔を窺《うかが》った。

桜咲は、萌花の視線に気付くことなく、じっと本殿のある方角を見つめている。

「……天海は、この一〇mのズレを妥協したとは思えない」

先ほどの話にも出てきたことを、桜咲は確認するように呟いた。

ズレてしまったのか、ズラしたのか……。

少なくとも、この本殿と墓所との位置関係からは、ズレたことに気付かなかったというのはあり得ない。

ズレても気にしなかった、ということも考えにくい。そもそも日光東照宮は、本殿と共に北極星を拝むようにできている。そして、さらにそこに家康の墓所を重ねることで、家康を『天皇大帝』として祀るようにできているはずなのだから。

それを、家康の墓所だけズレているなんてことになったら……。

それは本当に、家康を祀っていると言えるのだろうか？

そんなことを考えていたら、萌花はふと、閃いた。

「……日光東照宮は、家康を拝まないために造られたんじゃないでしょうか」

そんな萌花の言葉に、桜咲も椎名も困惑したような表情を向けてきた。

「家康を、拝まないだって？」

「どういうこと、萌花ちゃん？」

萌花は、自分の閃きを何とか言語化しようと、頭をひねる。

「つまり、表向きは、家康を天皇に仕立て上げているかのようにしておきながら、裏では、家康のことを祀ってなんていなかった。そう考えると、この日光東照宮にある様々な『ズレ』が、全て説明できてしまうと思うんです――」

萌花が語っても、二人は無言のままだった。

ここで萌花は、椎名が言っていたことを思い出す。日光東照宮に行く前に、輪王寺の境内を抜けなければいけなかったということ。それは視点を変えれば――

「この日光山では、輪王寺が東照宮を囲っている――つまり封印している、ということになりませんか？」

それこそ、輪王寺が、東照宮にいる霊を閉じ込めようとしているかのように。

「そういうことか――」

桜咲は言いながら、日光山の境内図を広げた。

「輪王寺の施設は、ここに来るまでに通ってきた宝物殿や本堂だけじゃない。あれらは東照宮の参道の東側にあるが、西側にも輪王寺の施設がある――」

そう言って、桜咲は一つの施設を指差した。

「慈眼堂《じげんどう》――天海の墓所だ」

「……えっ？」

「輪王寺は、東側に本堂を、そして西側に慈眼堂を置くことで、日光東照宮を閉じ込めていた。……家康の力を、江戸にまで届かせないために」

「そう考えると、家康の墓所の入口に鎮座する『眠り猫』も、実は家康の力を封印しているのかもしれません。左甚五郎――河童になった陰陽師の力によって」

「ええ？」椎名が困惑していた。「ちょっと、オカルトが過ぎるんじゃない？」

確かにそうかもしれない。と萌花も思う。

だけど、この日光東照宮は、家康を祀っているにしては歪《いびつ》すぎる。真っ直ぐになっていないとおかしいところが、真っ直ぐになっていない。

それに、江戸城を見守っていると言われているのに、その肝心の江戸城が、何度も天守の位置を変えてしまっている。

そんなことをされたら、たとえ北極星に従って緻密に位置を計算したって、すべてが無駄になってしまう。

守らないといけないものがあるなら、その位置は絶対に動かしてはいけないのだ。

それこそ、動かしたら大変なことになるような……。

「………あ」

そういうものがある。萌花はそれに気付いた。

昔から——それこそ江戸時代が始まるずっと前から、変わらない場所にあり続けるものが、あったのだ。

「天海は、平将門を守ろうとしたんじゃないでしょうか？」

「……あぁ」

桜咲の声が震えていた。そして、何かに気付いたように頭を押さえた。

「江戸城の天守は、何度も位置が変わっています。それなのに、そのすぐ隣には、昔から全く位置が動かされていないものがあります——動かしてしまったら祟りがあると言われるもの——」

萌花は息を整えながら、言った。

「『将門塚』——平将門の首塚です」

まるでオカルトのような話だった。だけど、それを聞いた桜咲は真剣に考え込んでいた。そして、やがて桜咲も口を開いた。

「平将門は、桓武平氏の人間だ。その家紋は『九曜紋』と呼ばれ、北斗七星と、そして北極星を表している」

「北極星」

萌花は思わず空を見上げた。夏の青空に星なんて見えるわけもないのに。

「一致点はそれだけじゃない――」

桜咲は声を震わせる。

「有力説によれば、あの天海の出自も、桓武平氏だと言われているんだ」

「……えっ？　天海が？」

その奇妙な一致に、萌花は声が詰まりそうだった。

「天海の出身は会津地方だ。そこに両親の墓と伝わる物があるんだが、そこに母親として記されているのは、会津を統治していた蘆名《あしな》氏の姫。この蘆名氏が、まさに桓武平氏の一族にあたるんだ――」

さらに桜咲は続けて、

「もし、江戸の中心が江戸城ではなく将門塚だとすると、もう一つのラインが浮かぶ」

そう言いながら、スマホの地図上に三つの点を書き記した。

将門塚と、神田明神と、そしてもう一つ――

「ここに、平将門の戦没地がある」

現在の茨城県坂東市《ばんどうし》。平将門の乱で、将門は戦中にこめかみを射られ、死亡した。

将門塚は、首を祀る。

神田明神は、将門の「からだ」があるから「かんだ」と呼ばれるようになったという説がある。これは俗説ではあるが、将門を祀っていることは事実だ。

そして戦没地には、死者の霊――魂のようなものがあるとも言える。

それら三点は一直線に繋がり、奇しくも、北東の方角――鬼門に延びていた。

首と身体と魂。この繋がりは、偶然なのか、オカルト的なこじつけなのか、それとも、意図されたものなのか。

「そもそも、神田明神は、元は丸の内の将門塚の隣にあったものが、天海によって現在の場所に移転されている――」

桜咲が、補足するように語る。

「それは、一説には『将門の力を借りて、徳川将軍のいる江戸城の鬼門を護るため』と言われているが……」

「この移転があったことで、バラバラになったはずの将門の首と身体と魂とが、一直線に繋がった形になります。この移転が無ければ、一直線に繋がっていなかったのに」

これが偶然とは思えない。

そこに桜咲が、さらに補足するように一つの事実を告げた。

「江戸の北に位置しているのは、日光だけじゃない。その更に北には、会津がある」

それは、天海の出身地とされている地。

「そして会津には、天海が出家したとされる寺――龍興寺《りゅうこうじ》がある。その本堂は真南を向いて建っている。……いったい天海は、江戸の何を護ろうとしているのか」

萌花は急いでスマホで地図を開いた。

龍興寺は、東経一三九・八三九度だった。

そしてそこから真下に――真南に地図を動かしていく。

そこにあったのは――

「神田明神！」

――東経一三九・七六八度。

その差を計算してみると、たった〇・〇七一度。

北に二〇〇㎞も離れた地点で、東西のズレは六㎞ほどしかない。

角度にすると、たったの一・七度。ＧＰＳなどない江戸時代の精度としては、驚異の一致だった。

「天海は、徳川家を護ろうとしていたんじゃない」

現に、東照大権現となった家康が眠る日光東照宮の真南には、江戸城は無い。陰陽道の最高神である北極星の神は、江戸城の真北を守護できていないのだ。その上で、天海は、江戸城の北東に神田明神や寛永寺を置いて、そこから江戸城に向けて監視をしていたのではないか。桓武平氏による監視の目を、鬼門から向けていたのではないか……。

ここで萌花は、ふと思い出した。前に桜咲が話していた、天海と家康の出会いの話。

「もし、天海と家康が世良田で出会っていたとしたら……。天海は、家康が偽りの源氏であることを知っていたことになりますよね。だとしたら……」

「もしかしたら天海は、徳川将軍家を偽りの支配者と見ていたのかもしれない。だからこそ、平将門を――桓武平氏を、真の支配者として江戸を監視させた」

「……ちょっと、オカルトすぎますかね？」

「どうだろう。真実は判らない。ただ、一つの客観的な事実がある――」

桜咲は、一言一言を噛みしめるように言う。

「徳川幕府は、一六〇三年から約二六〇年、一五代で滅亡した。そして江戸城の地は、天皇のものへと変わった。東京になった現代、そこには夢の跡しかない――」

その一方で、

「一〇〇〇年前の武家の世から、天皇の世へ、そして国民の世へと変わっても、将門塚は変わることなく、そこにあり続けている」

江戸の中心、東京の中心で、桓武平氏の力を――呪いを――誇示し続けている。

皇居の天皇大帝と並び立つ、北極星の守護を受けた新皇として。


萌花は、ふわふわした足取りで何度もこけそうになりながら階段を下り、陽明門の前までやってきた。

陽明門の前は、ベストスポットで写真を撮ろうとする観光客で賑わっていた。陽明門の手前にある鳥居の中に門を収めたような写真が撮れる、という石畳だった。

その脇では、制服を着た修学旅行生の団体が集合写真を撮っている。

萌花と桜咲は、そんな混雑を傍目に、気持ち早足で通り過ぎていく。

「先生、ありがとうございました。お陰さまで東照宮を満喫できました」

萌花は、思わず溜息交じりに感謝を伝えていた。こんな日光東照宮の観光は、他では絶対にできない。桜咲が一緒だからこそできたものだ。

「こちらこそ。梅沢さんの閃きが無ければ、いつまでも悩み続けていたことでしょう。お陰で東照宮を存分に楽しめましたよ」

「それは良かったです」

萌花が言うと、

「まったく良くないわよ――」

椎名に返された。

ふと気付くと、椎名が睨むように萌花と桜咲とを交互に見やっていた。

「確かに、あなたたちは日光を満喫できたかもしれないわ。でもね、私は全然満喫していないのよ。観光っぽいことをしたくてここに来たはずなのに、そしたら二人して私を無視して歴史民俗学談義で大盛り上がり。こっちは何が何だかサッパリよ――」

「……す、すみません」

萌花は思わず謝っていた。

「だから、私は日光にもう一泊するわ」

そんな椎名の宣言に、萌花と桜咲は一拍遅れて「え？」と困惑した声を漏らした。

「姉さん。もう一泊するって言ったって、宿の問題もあるし、車の問題もある。姉さんが日光に残ったら、俺たちが帰れない」

「あら。竜司は電車で帰ればいいじゃない。それくらいのお金はあるでしょ――」

事も無げにそう言うと、椎名は萌花に向き直って、

「そして萌花ちゃんは、私ともう一泊。そして、心から日光を満喫してもらうわ」

有無を言わさず、そう断言してきた。

「えっ？　あの、そんなこと、いきなり言われても」

「明日の予定は？」

「それは、特に無いですけど」

「親の了承が難しい？」

「いえ。それも大丈夫だとは思いますけど……」

「着替えは……まぁ適当に買ってあげるとして」

椎名の勢いが止まらない。ここまで周りを振り回すことは珍しい。

「姉さん。いくらなんでも強引すぎるんじゃないか？」

桜咲が呆れたように言うと、

「だって、もう今日の宿は確保しちゃってるのよ――」

と返してきた。

その顔は、どこか不敵に笑んでいて。

「その宿の名前は、『新田家』っていうんだけどね」

「……あ」

それを聞いて萌花は察した。椎名が何をしようとしているのか――何をしたいのか。

「そこの若女将《わかおかみ》の水葉ちゃんが、今ちょっと寂しい思いをしてるらしいのよね――」

椎名の言葉を聞いて、萌花は表情が崩れそうになる。

「そこで、明日もちょうど暇だった私が、新田家を賑やかにしたくて、宿泊の予約を入れちゃったってわけ」

「……いつの間に、そんな」

「そりゃあ、あなたたちが歴史民俗学談義で盛り上がってる間によ」

気付かなかったの？

と心底呆れたように言ってくる椎名。

気付かなかった。

自分たちが話に盛り上がっている間、椎名は水葉のことを考えて、動いていたということ。こんな強引な根回しは、椎名にしかできないだろう。

「それでは、私は先に電車で帰るとします」

桜咲が、溜息交じりにそう言った。ただその口元は、穏やかに緩んでいる。

「それじゃ、萌花ちゃんはどうする？　もう少し、日光を満喫していかない？」

そう微笑みながら聞いてくる椎名。

「私も遊び足りなかったんです。ぜひ一緒に、もう一泊したいです」

「そうこなくちゃ」

椎名の声が弾む。

萌花も思わず笑っていた。

この日光旅行は、楽しい思い出になる。そう確信することができたから。

この物語はフィクションです。作中に同一の名称があった場合でも、
実在する人物、団体等とは一切関係ありません。

【参考文献】

『陰陽師とは何者か　うらない、まじない、こよみをつくる』（小さ子社）
　国立歴史民俗博物館編
『陰陽師たちの日本史』（角川新書）斎藤英喜
『陰陽五行と日本の民俗』（人文書院）吉野裕子
『江戸の陰陽師　天海のランドスケープデザイン』（人文書院）宮元健次
『呪いの都　平安京　呪詛・呪術・陰陽師』（吉川弘文館）繁田信一
『呪いと日本人』（角川ソフィア文庫）小松和彦
『新版　遠野物語　付・遠野物語拾遺』（角川ソフィア文庫）柳田国男
『大江戸魔方陣　徳川三百年を護った風水の謎』（河出文庫）加門七海
『呪術の日本史』（宝島ＳＵＧＯＩ文庫）加門七海監修
『怨霊とは何か　菅原道真・平将門・崇徳院』（中公新書）山田雄司
『一個人　３月号　全国４７都道府県　地名に託した先人の知恵　地名の謎と歴史』
　Ｎｏ．２５３（一個人出版）

※その他、新聞、論文、インターネット上の記事等を参考にさせていただきました。

宝島社
文庫

陰陽師の呪い　桜咲准教授の災害伝承講義
（おんみょうじののろい　さくらざきじゅんきょうじゅのさいがいでんしょうこうぎ）

2024年5月21日　第1刷発行

著　者　久真瀬敏也
発行人　関川 誠
発行所　株式会社 宝島社
〒102-8388　東京都千代田区一番町25番地
電話：営業 03(3234)4621／編集 03(3239)0599
https://tkj.jp
印刷・製本　中央精版印刷株式会社

ISBN 978-4-299-05453-1